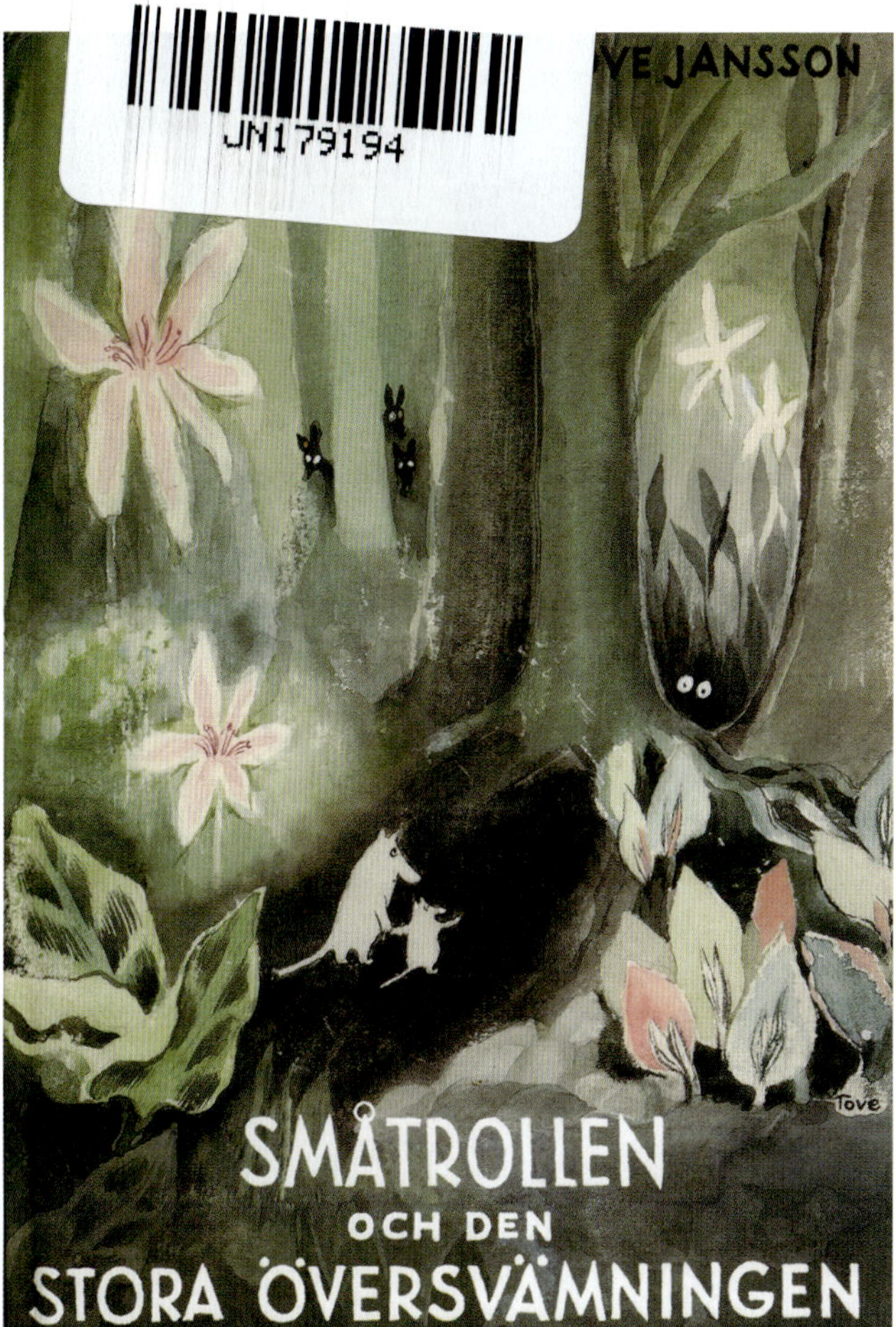

『小さなトロールと大きな洪水』スウェーデン語版 表紙

初期《しょき》のムーミントロール

初期《しょき》のムーミントロールは、ムーミン童話《どうわ》が本《ほん》になって世《よ》に出《で》る以前《いぜん》から、トーベのさまざまな作品《さくひん》の背景《はいけい》に存在《そんざい》していました。鼻《はな》は細長《ほそなが》く、耳《みみ》はとがっていて、体《からだ》は黒《くろ》い色《いろ》をしていました。

水彩画「灯台と黒いムーミントロール」（制作年不明）

水彩画「黒いムーミントロール」（1934 年）

トーベ・ヤンソンってどんな人《ひと》？

トーベ・ヤンソン

Tove Marika Jansson

（1914年8月9日-2001年6月27日）

フィンランドの首都《しゅと》ヘルシンキ生《う》まれ。画家《がか》・作家《さっか》。父《ちち》は彫刻家《ちょうこくか》、母《はは》は画家《がか》という芸術家一家《げいじゅつかいっか》で育《そだ》ち、ムーミン童話《どうわ》シリーズのほか、絵本《えほん》、大人向《おとなむ》け小説《しょうせつ》、絵画《かいが》など、たくさんの作品《さくひん》を生《う》み出《だ》しました。1966年《ねん》に国際《こくさい》アンデルセン賞作家賞《しょうさっかしょう》を受賞《じゅしょう》。

ヘルシンキ市内《しない》のアトリエにて。
窓辺《まどべ》には、父《ちち》の彫刻《ちょうこく》と、島《しま》の石《いし》などがかざられています。

クルーヴハル島《とう》

フィンランドのペッリンゲ地方《ちほう》には、「クルーヴハル」とよばれる、小《ちい》さな岩《いわ》の島《しま》があります。トーベは、そこに小屋《こや》を建《た》て、水道《すいどう》もガスも電気《でんき》もないその島《しま》で、夏《なつ》を自由《じゆう》に過《す》ごしていました。

フィンランド湾《わん》に浮《う》かぶクルーヴハル島《とう》、通称《つうしょう》・ヤンソン島《とう》。

島《しま》の小屋《こや》の中《なか》（キッチン）。ほぼ当時《とうじ》のまま残《のこ》されています。

小屋《こや》の中《なか》の棚《たな》にあるスプレー缶《かん》。箱《はこ》に描《か》かれている絵《え》は、トーベ直筆《じきひつ》のミイ。

小《ちい》さなトロールと大《おお》きな洪《こう》水《ずい》

トーベ・ヤンソン／作・絵　冨《とみ》原《はら》眞《ま》弓《ゆみ》／訳

講談社 青い鳥文庫

SMÅTROLLEN OCH DEN
STORA ÖVERSVÄMNINGEN

序文《じょぶん》

一九三九年《ねん》、戦争《せんそう》の冬《ふゆ》のことです。仕事《しごと》はぱたりと行《い》きづまり、絵《え》をかこうとしてもしかたがないと感《かん》じていました。

「むかし、むかし、あるところに」ではじまる物語《ものがたり》を書《か》こうと思《おも》いついたのも、わからないではありません。つづけていけばりっぱな物語《サーガ》になるはずでした。あたりまえですね。でも、王子《おうじ》さまや、王女《おうじょ》さまや、小《ちい》さな子《こ》どもたちを登場《とうじょう》させるのはやめて、かわりに、風刺画《ふうしが》をかくときサインがわりに使《つか》っていた、おこった顔《かお》をした生《い》きものを主人公《しゅじんこう》にして、ムーミントロールという名《な》をつけました。

とちゅうまで書《か》かれたきり、一九四五年《ねん》になるまで、物語《ものがたり》はほったらかしになっていました。ところが、ある友《とも》だちがこういったのです。これは子《こ》どもの本《ほん》になるかもしれない。書《か》きあげて、さし絵《え》をつければ、出版《しゅっぱん》できるかもしれないよ、と。

頭《あたま》をひねったあげく、本《ほん》のタイトルは、『パパをさがすムーミントロール』——『グラント船長《せんちょう》をさがす子《こ》どもたち』にならって——にしたかったのですが、出版社《しゅっぱんしゃ》は「小《ちい》さなトロール」をいれようとしました。そのほうが読者《どくしゃ》にわかりやすいというのです。

この物語《ものがたり》は、わたしが読《よ》んで好《す》きだった、子《こ》どもの本《ほん》の影響《えいきょう》をうけています。たとえばジュール・ヴェルヌやコッローディ（青《あお》い髪《かみ》の少女《しょうじょ》）などが、ちょっぴりずつはいっています。でも、それがいけないということはありませんよね？

とにかく、これはわたしにとってはじめての、ハッピーエンドのお話《はなし》なのです！

トーベ・ヤンソン

Tove Jansson

photo:Per Olov Jansson

もくじ

おもな登場人物《とうじょうじんぶつ》

■**ムーミントロール**
やさしい心《こころ》と勇気《ゆうき》のある少年《しょうねん》。冬《ふゆ》ごもりの家《いえ》をたてる場所《ばしょ》をさがして、森《もり》の中《なか》を、ママとさまよう。

■**ムーミントロールのママ**
どこかへいってしまったパパを心配《しんぱい》している。ママのハンドバッグには、いろいろなものがはいっている。

■**ニョロニョロ**
ひとこともしゃべらずに、世界《せかい》じゅうを放浪《ほうろう》している。

■**スニフ**
たいへんなこわがり。森《もり》の中《なか》でムーミントロールたちに会《あ》い、いっしょについていくことにする。

■チューリッパ

チューリップの中《なか》に住《す》む少《しょう》女《じょ》。その青《あお》い髪《かみ》の毛《け》は、美《うつく》しくあかるくかがやく。

■赤《あか》い髪《かみ》の少年《しょうねん》

海《うみ》があらしになると、港《みなと》で見《み》はりをする。ムーミントロールたちに、海《うみ》のプディングをごちそうしてくれる。

■コウノトリ

ムーミントロールにめがねを見《み》つけてもらったお礼《れい》に、空《そら》からパパをさがすのをてつだう。

N.W.
N.E.
W
E
S.W.
S
S.E.
ニョロニョロの島《しま》
おさびし山《やま》
ほらあな
砂州《さす》
ライラックのしげみ
たきぎ小屋《こや》
ジャスミンのしげみ
ムーミンやしき
たばこ畑《ばたけ》
MAP OF MOOMIN VALLEY
ムーミン谷《だに》の地図《ちず》
Tove

小《ちい》さなトロールと大《おお》きな洪水《こうずい》

八月《がつ》もおわりの、そう、夕方《ゆうがた》に近《ちか》いころだったでしょうか。

ムーミントロールとそのママは、大《おお》きな森《もり》のいちばんふかいところにやってきました。

あたりは、しんとしずまりかえり、枝《えだ》のすきまから暗《くら》やみが見《み》えます。まるでもう日《ひ》がくれてしまったかのようです。

あちらこちらに大《おお》きな花《はな》がさき、そこだけがあかりをともしたランプのように、ぼうっと光《ひか》っています。

遠《とお》くの暗《くら》がりでは、つめたい緑色《みどりいろ》の小《ちい》さな点《てん》がうごめいています。

「ひかり虫《むし》だわ。」

ムーミントロールのママがいいました。

でも、いまはそばに行《い》って、じっくり見《み》ているひまはありません。冬《ふゆ》がやってくるまえに、もぐりこむ家《いえ》をたてようと、あたたかくて気持《きも》ちのいい場所《ばしょ》をさがしているのです。

ムーミントロールという生《い》きものは寒《さむ》さに弱《よわ》いので、おそくとも十月《がつ》までには、家《いえ》ができていなければなりません。

ふたりはさまよいつづけ、しずけさと暗《くら》やみのおくへおくへと、ふみこんでいきます。

ムーミントロールは不安《ふあん》になって、ささやくような声《こえ》でママにたずねました。

「あのあたりに、危険《きけん》な生《い》きものがいると思《おも》う?」

「いないと思《おも》うけど。」

ママがいいます。

「でも、もう少《すこ》し、いそいだほうがいいかもしれないわ。ただ、たとえ危険《きけん》なものが近《ちか》づいてきても、わたしたちはとても小《ちい》さいから、見《み》つからないと思《おも》いたいわね。」

とつぜんムーミントロールは、ママのうでをぎゅっとつかんで、さけびました。

「見《み》て！」

ムーミントロールのしっぽは、おそろしさのあまり、ぴんと立《た》っています。

木《き》の幹《みき》のむこうの暗《くら》がりから、二つの目《め》がふたりを見《み》つめているのです。

ママもはじめは、ぎょっとしましたが、すぐになだめるようにいいました。

「あの目《め》の持《も》ち主《ぬし》は小《ちい》さな生《い》きものよ。待《ま》って。ちょっと光《ひかり》でてらしてみましょう。どんなものでも、暗《くら》やみの中《なか》では、おそろしいものに見《み》えるのよ。」

ママは大《おお》きな花《はな》のランプを一本《ぽん》つんで、暗《くら》がりをてらしだしました。

TOVE

ほんとうに、そこにうずくまっていたのは、とても小《ちい》さな生《い》きものでした。気《き》はよさそうですが、少《すこ》しおびえているようです。

「ほらね、いったとおりでしょう。」

ムーミントロールのママがいいます。

「きみたちは、なにものだい？」

その小《ちい》さな生《い》きものはたずねます。

「ぼくはムーミントロール。」

勇気《ゆうき》をとりもどしたムーミントロールが答《こた》えます。

「ここにいるのは、ぼくのママだよ。ぼくたち、きみのじゃまをしてしまったかなあ。」

（ママがムーミントロールに礼儀《れいぎ》をちゃんと教《おし》えていることが、これでわかります

ね。）

「とんでもない。」

小《ちい》さな生《い》きものはいいます。（この〈小《ちい》さな生《い》きもの〉は、まだ名前《なまえ》がついていません。でも、あとのムーミンシリーズでは〈スニフ〉と名《な》づけられていますので、ここでも〈スニフ〉という名《な》でよぶことにしました。訳者注《やくしゃちゅう》）

「ぼくはここにすわって、さびしいなあ、友《とも》だちがほしいなあ、と思《おも》っていたところだったんだ。きみたちは、いそいでいるのかい？」

「そうなの。」

ママが答《こた》えます。

「わたしたちは家《いえ》をたてるために、日《ひ》あたりのよい場所《ばしょ》をさがしているの。もしよかったら、あなたもいらっしゃいな。」

「よろこんで！」

スニフはそういって、ムーミントロールたちのほうにかけよりました。

「ぼく、道《みち》にまよってしまって、もう二度《にど》とお日《ひ》さまを見《み》られないんじゃないかと思《おも》ってたんだ。」

そこで、みんなはそろって歩《ある》きはじめました。暗《くら》い道《みち》をてらすために、大《おお》きなチューリップを一本《ぽん》持《も》っていくことにして。

それでも、暗《くら》やみはますますせまってきます。そこかしこにさいて、あたりをてらしていた花《はな》も、木《き》のかげにくると、少《すこ》しずつ光《ひかり》をうしない、とうとう残《のこ》らず消《き》えてしまいました。

水《みず》は黒《くろ》くてらてらと、空気《くうき》は重《おも》たく、ひんやりとしています。

「ふう、いやだなあ。」

スニフはいいます。

「沼《ぬま》だ。ぼく、あそこへは近《ちか》づきたくないよ。」

「どうして？」

ママがたずねます。

「だって、あそこには大《おお》ヘビがすんでいるんだ。」

スニフは小《ちい》さな声《こえ》でそういって、あたりを見《み》まわしました。

「そんなの平気《へいき》さ。」

ムーミントロールは勇気《ゆうき》があるところを見《み》せようとします。

「ぼくたちはとっても小《ちい》さいから、やつには見《み》つからないよ。思《おも》いきってあそこをとおらないと、お日《ひ》さまの光《ひかり》をもう二度《にど》とおがめないんだよ。さあ、行《い》こう。」

「じゃあ、ちょっとだけね。」

そういって、スニフはひとことつけくわえます。

「でも、用心《ようじん》するんだよ。きみたちの身《み》のためなんだからね。」

　そこで、草《くさ》むらから草《くさ》むらへ、できるだけこっそりと、進《すす》むことにしました。まわりの黒《くろ》いどろの中《なか》からは、あわがたち、ひそひそ声《ごえ》がきこえてきます。でも、チューリップのランプが光《ひか》っているかぎりは、安心《あんしん》していられます。

　ムーミントロールが足《あし》をつるりとすべらせて、沼《ぬま》に落《お》っこちそうになりました。でも、ママがあわやというところで手《て》をのばして、ひっぱりあげました。

「ボートに乗《の》らないとだめね。」

　ママがいいます。

「まあ、足《あし》がびしょびしょよ。かぜをひいてしまうわ。」

　ママはハンドバッグから、かわいたソックスをとりだしました。それから、ムーミントロールとスニフを、大《おお》きなまるいハスの葉《は》のボートに乗《の》せました。

みんなはしっぽを水《みず》につけ、オールがわりにしてボートをこぎ、まっすぐ沼《ぬま》をわたっていきます。

水《みず》の中《なか》では、根《ね》っこのあいだをぬって泳《およ》いでいる黒《くろ》いものが、ちらちらと見《み》えます。水音《みずおと》をたて、はねたりもぐったりしているのです。

いつのまにか、霧《きり》がすぐそばまでしのびよってきていました。

「ぼく、やっぱりうちに帰《かえ》る！」

スニフがさけびました。

「こわがることないよ。」

ムーミントロールは声《こえ》をふるわせながらいいます。

「なにかたのしい歌《うた》をうたおう。そうしたら……。」

そのとき、チューリップの光《ひかり》が消《き》えて、まっ暗《くら》になりました。

その暗《くら》やみの中《なか》から、シューシューと音《おと》がしたかと思《おも》うと、ハスの葉《は》のボートがぐらぐらとゆれはじめました。

「たいへん、いそぎましょう！　大《おお》ヘビがくるわ！」

ママがさけびました。

みんなはしっぽをもっとふかく水《みず》につけ、力《ちから》をこめてこぎました。水《みず》が葉《は》っぱの上《うえ》にあふれだしています。

ヘビが泳《およ》いで追《お》いかけてきます。意地《いじ》のわるい顔《かお》をして、目《め》はいやらしく黄色《きいろ》い光《ひかり》をはなっています。

みんなは力《ちから》のかぎりボートをこぎました。でも、ヘビはぐんぐん近《ちか》づいてきます。

さあ、長《なが》い舌《した》をふるわせ、大《おお》きな口《くち》をあけました。

「ママ！」

ムーミントロールは、両手《りょうて》で目《め》をおおうと、ぱくりと食《た》べられてしまうのをかくごしました。

ところが、なにも起《お》こりません。おっかなびっくり、ムーミントロールは指《ゆび》のあいだからのぞきました。

ふしぎなことが起《お》こっています。

あのチューリップが、また光《ひか》りはじめたのです。

すべての花《はな》びらがひらき、そのまん中《なか》に、少女《しょうじょ》が立《た》っています。かがやく青《あお》い髪《かみ》の毛《け》は、足《あし》もとまであります。

チューリップの光《ひかり》は、ますますあかるくなっていきます。

ヘビはまばたきをしはじめ、そのうち、ぷいと向《む》きを変《か》えると、ふきげんに音《おと》をたてながら、どろの中《なか》にもぐってしまいました。

ムーミントロールもママもスニフも、びっくりぎょうてん、長《なが》いこと、口《くち》もきけません。

ようやくママは、

「おじょうさん、ほんとうにありがとうございました。」

と、ていねいにいいました。

ムーミントロールも、いつもよりふかぶかとおじぎをします。こんなにきれいな少《しょう》女《じょ》に、いままで会《あ》ったことがなかったのです。

Tove

「ずっとチューリップの中《なか》に住《す》んでいたんですか？」

はずかしそうにスニフがたずねます。

「この花《はな》はわたしの家《いえ》なの。わたしのことを、チューリッパとよんでくださいな。」

少女《しょうじょ》はそう答《こた》えました。

さて、みんなはこそこそとボートをこいで、沼《ぬま》のむこう岸《ぎし》にたどりつきました。

そこにはシダがびっしりはえています。ママは、シダのしげみのかげに、コケの寝《ね》どこをこしらえました。

ムーミントロールはママにくっついて、沼《ぬま》で鳴《な》いているカエルの歌《うた》をきいています。夜《よる》はさびしくふしぎな物音《ものおと》がいっぱいで、ねむりにつくにはずいぶん時間《じかん》がかかりました。

つぎの日《ひ》の朝《あさ》、チューリッパが先頭《せんとう》に立《た》って歩《ある》きました。その青《あお》い髪《かみ》の毛《け》は、とってもあかるいお日《ひ》さまのランプのように、まばゆくかがやきます。

道《みち》はだんだんけわしいのぼり坂《ざか》になり、その先《さき》は、まっすぐ切《き》り立《た》った岩山《いわやま》へとつづいています。その岩山《いわやま》ときたら、とても高《たか》くて、てっぺんは見《み》えないほどです。

「あそこに行《い》けば、お日《ひ》さまの光《ひかり》があるんだろうなあ。」

スニフはうっとりと夢見《ゆめみ》るようにいいます。

「ここは寒《さむ》いね。ぼく、こごえそうだ。」

「ぼくも。」

ムーミントロールもそういって、くしゃみをしました。

「思《おも》ったとおりだわ。」

ママがいいます。

「かぜをひいたようね。ここにおすわりなさい。火《ひ》をおこしましょう。」

ママは、かれ枝《えだ》を集《あつ》めて大《おお》きな山《やま》をつくり、チューリッパの青《あお》い髪《かみ》の毛《け》から火花《ひばな》をもらって、火《ひ》をおこしました。

みんなはすわって火《ひ》を見《み》つめながら、ムーミントロールのママの話《はなし》に耳《みみ》をかたむけます。

ママは自分《じぶん》の子《こ》どものころのこと、ムーミントロールたちが住《す》むところをさがして、おそろしい森《もり》や沼《ぬま》を旅《たび》しなくてもよかったころの話《はなし》をはじめました。

そのころはムーミントロールたちも、ほかの家住《いえず》みトロールたちといっしょに、人《にん》間《げん》の家《いえ》に住《す》んでいたのです。たいていは、タイルばりの大《おお》きなストーブのうしろにね。

「まだそこに住《す》んでいるムーミントロールたちもいるのよ。」

ママはいいます。

「もちろん、ちゃんとしたストーブがあればの話《はなし》だけれどね。セントラルヒーティングの暖房《だんぼう》は、いごこちがよくないから。」

「ぼくたちがそこに住《す》んでい

たことを、人間《にんげん》たちは知《し》っていたのかな？」

ムーミントロールがたずねます。

「知《し》っていた人《ひと》もいるわ。」

ママはいいました。

「人間《にんげん》はわたしたちのことを、ときどき首《くび》すじにふうっとふきつける、つめたいすきま風《かぜ》のようなものだと思《おも》っていたわ。ひとりでいるときなんかに、そう感《かん》じたようね。」


「パパのこと、なにか話《はな》してよ。」

ムーミントロールがたのみました。

「ありきたりのムーミントロールではなかったわ。」

ママは考《かんが》えこみながら、かなしそうにいいました。

「パパはいつでもどこかへ行《い》きたいと思《おも》っていたの。ストーブからストーブへと転々《てんてん》とね。どうしても満足《まんぞく》できなくて、ある日《ひ》、いなくなってしまったの。あの小《ちい》さな放《ほう》浪者《ろうしゃ》、ニョロニョロたちといっしょに旅《たび》に出《で》てしまったのよ。」

「それ、どういう生《い》きものなの？」

スニフがたずねました。

「小《ちい》さなトロールのおばけみたいなものよ。」

ママは説明《せつめい》します。

「ふだんは目《め》に見《み》えないの。人間《にんげん》の家《いえ》の床下《ゆかした》にいることもあって、あたりがしずまりかえった夕《ゆう》ぐれに、ニョロニョロたちの歩《ある》きまわる音《おと》がきこえたりする。でも、たいていは世界《せかい》じゅうを放浪《ほうろう》していて、どこにもおちつくことはないし、なにひとつまわりのことに関心《かんしん》をもたない。ニョロニョロがよろこんでいるのか、おこっているのか、かなしんでいるのか、おどろいているのか、だれにもわからないのよ。感情《かんじょう》というものがまったくないんじゃないかしら。」

「それじゃあ、パパもニョロニョロになってしまったの？」

ムーミントロールはききました。

「まさか、とんでもない！」

ママはいいます。

「わかるでしょう？　ニョロニョロがパパをだまして、つれていってしまったのよ。」

「ねえ、いつかわたしたちと会《あ》えたら、パパはよろこんでくれるかしら？」

と、チューリッパがいいました。

「もちろんよ。」

と、ママ。

「でも、たぶん会《あ》えないでしょうね。」

そういって、ママはなみだをぬぐいました。

みんなもかなしくなって、すすり泣《な》きをはじめました。泣《な》いているうちに、ほかにもいろいろかなしいことが思《おも》い出《だ》されて、ますます泣《な》けてきます。

チューリッパの髪《かみ》はかなしみのあまり、かがやきをうしない、にぶい色《いろ》になってしまいました。

こうしてみんなは、長《なが》いあいだ泣《な》きつづけました。


「そこでなにをさわいでいるんだ？」

とつぜん、どなり声《ごえ》がしました。

みんなはぴたりと泣《な》くのをやめて、あたりを見《み》まわしました。でも、声《こえ》の主《ぬし》はどこにも見《み》あたりません。

そこへ、一本《ぽん》のなわばしごが、岩山《いわやま》のかべづたいにするするとおりてきました。はるか上《うえ》のほうで、年《とし》とった男《おとこ》の人《ひと》が、岩《いわ》の中《なか》のとびらから頭《あたま》を出《だ》しました。

「どうしたんだ？」

「ごめんなさい。」

と、チューリッパは頭《あたま》をさげました。

「でも、ほんとうにかなしいことばかりなのです。ムーミントロールのパパはどこかへ行《い》ってしまいました。わたしたちは寒《さむ》さにこごえ、お日《ひ》さまの光《ひかり》をあびたいと思《おも》っても、この岩山《いわやま》をこえられずにいます。おまけに、住《す》むところもないんです。」

「なるほど。」

年《とし》とった男《おとこ》の人《ひと》はいいました。

「それでは、ここにのぼってきなさい。わたしのところにあるお日《ひ》さまの光《ひかり》は、どこよりもすばらしいものなんだよ。」

なわばしごをのぼるのはたいへんでした。とくに、ムーミントロールとママにとってはね。なにしろ足《あし》がとてもみじかいのですから。

「さあ、足《あし》をふきなさい。」

年《とし》とった男《おとこ》の人《ひと》はそういって、なわばしごをひきあげました。それからとびらをきっちりとしめました。危険《きけん》なものが、はいりこんではいけないからです。

みんなはエスカレーターに乗《の》り、まっすぐ岩山《いわやま》のおくへと、はこばれていきます。

「あの人《ひと》、信用《しんよう》できると思《おも》う？」

スニフがささやきます。

「わすれないでよ。きみたちの身《み》が、あぶないんだからね。」
スニフはできるだけ小《ちい》さくちぢこまって、ママのかげにかくれることにしました。
まばゆい光《ひかり》にてらされて、エスカレーターに乗《の》ったみんなの前《まえ》に、すばらしいけしきがひらけていきます。
木《き》はいろんな色《いろ》にかがやき、いままで見《み》たこともないような実《み》や花《はな》で、すみずみまでおおわれています。足《あし》もとの草《くさ》には、白《しろ》い雪《ゆき》の結晶《けっしょう》がきらきら光《ひか》っています。

「すごいや！」

ムーミントロールはさけんで、かけだしました。雪玉《ゆきだま》をつくるのです。

「気《き》をつけて。雪《ゆき》はつめたいのよ！」

ママが声《こえ》をかけました。

ところが、ムーミントロールは、両手《りょうて》ですくいあげようとして、それが雪《ゆき》ではなくてアイスクリームだということに気《き》づきました。足《あし》の下《した》できしきしとくずれる緑色《みどりいろ》の草《くさ》は、細《こま》かいつぶの、ねじり砂糖《さとう》でできています。野原《のはら》のあちらこちらで、色《いろ》とりどりの小川《おがわ》が、ふつふつと小《ちい》さな声《こえ》でつぶやきながら、黄色《きいろ》の砂《すな》の上《うえ》を流《なが》れています。

「緑色《みどりいろ》のレモネードだ！」

水《みず》を飲《の》もうとかがみこんだスニフが、さけびました。

「これは水《みず》じゃない。レモネードだ！」

ムーミントロールのママは、まよわずまっ白《しろ》な小川《おがわ》に行《い》きました。ミルクが大好《だいす》きなのです。（ムーミントロールという生《い》きものは、たいていミルクが好物《こうぶつ》です。少《すく》なくとも、ちょっぴり年《とし》をとってくるとね。）

チューリッパは、枝《えだ》から枝《えだ》へと、両《りょう》うでいっぱいにチョコレートやキャンディの実《み》をつみました。きらきら光《ひか》る実《み》は、つむそばから、すぐにあたらしくはえてくるのです。

みんなは自分《じぶん》たちのかなしい身《み》の上《うえ》をわすれて、魔法《まほう》の庭《にわ》のおくへおくへと、はいっていきました。

年《とし》とった男《おとこ》の人《ひと》は、あとからゆっくりついてきて、みんながおどろいたり感心《かんしん》したりするようすを、うれしそうに見《み》ています。

「ここにあるものはみんな、わたしがつくったんだよ。そう、お日《ひ》さまもね。」

たしかに、よく見《み》ると、ほんもののお日《ひ》さまではなくて、黄色《きいろ》い紙《かみ》のフリルがついた大《おお》きなランプです。

「なあんだ。」

スニフはがっかりして、いいました。

「ほんものだと思《おも》ってたのになあ。そういえば、ちょっと光《ひか》り方《かた》がへんだよね。」

「ふん。これよりいいものはつくれんよ。」

年《とし》とった男《おとこ》の人《ひと》は気《き》をわるくして、いいました。

「だが、庭《にわ》のほうは気《き》にいってくれたろう？」

「うん、とっても。」

と、ムーミントロールはいいました。ちょうど小石《こいし》を食《た》べているところだったのです。（ほんとうはアーモンドの菓子《かし》パンなのですけれどね。）

「あんたたちがここにいるつもりなら、シュークリームの家《いえ》をつくってあげるよ。」

年《とし》とった男《おとこ》の人《ひと》がいいます。

「いつもひとりだと、ときにはたいくつするんでね。」

ムーミントロールのママはこたえました。

「ごしんせつありがとうございます。でも、わるく思《おも》わないでくださいね。わたしたちは旅《たび》をつづけなければなりません。ほんもののお日《ひ》さまの光《ひかり》のもとで、自分《じぶん》たちで家《いえ》をたてようと思《おも》っているのです。」

「そんなの！　ここにいようよ！」

ムーミントロールとスニフとチューリッパは、声《こえ》をそろえてさけびました。

「いいえ、子《こ》どもたち。」

ムーミントロールのママはいいました。

「あなたたちにも、そのうちわかりますよ。」

それからママは、チョコレートの木《き》の下《した》で、ひとねむりしました。

しばらくしてママが目《め》をさますと、泣《な》きわめく声《こえ》がきこえてきます。ママにはすぐにわかりました。ムーミントロールがおなかをこわしたのです。

（ムーミントロールという生《い》きものは、すぐにおなかをこわすのです。）たらふく食《た》べて、まんまるになったムーミントロールが、いたさにのたうちまわっています。

となりのスニフはと見《み》ると、キャンディの食《た》べすぎで歯《は》がいたくなり、ムーミントロールよりもっと大声《おおごえ》でわめいています。

ムーミントロールのママはしかったりしないで、ハンドバッグから粉薬《こなぐすり》を二つ出《だ》して、ムーミントロールとスニフに飲《の》ませ、年《とし》とった男《おとこ》の人《ひと》に、

「おいしくてあたたかいおかゆの池《いけ》はありませんか？」

と、たずねました。

「気《き》のどくだが、そういうものはないんだよ。ホイップクリームやマーマレードの池《いけ》ならあるんだがね。」

「そうですか。でも、おわかりでしょう。あの

子《こ》たちに必要《ひつよう》なのは、ちゃんとした、あたたかい食《た》べものなんです。ところで、チューリップパはどこかしら？」

「あの子《こ》は、お日《ひ》さまがぜんぜんしずまないので、ねむれないといっているんだよ。」

年《とし》とった男《おとこ》の人《ひと》は、かなしそうにいいます。

「あんたたちがここを気《き》にいらないのは、じつにこまったものだ。」

「また、きますわ。」

ムーミントロールのママは、年《とし》とった男《おとこ》の人《ひと》をなぐさめました。

「いまはともかく、きれいな空気《くうき》のあるところに出《で》なくてはね。」

そういってママは、いっぽうの手《て》でムーミントロールの手《て》を、もういっぽうの手《て》でスニフの手《て》をとり、チューリップパをよびました。

「いちばんいいのは、ジェットコースターでしょうな。」

年《とし》とった男《おとこ》の人《ひと》は、感《かん》じよくいいます。

「岩山《いわやま》をまっすぐ横《よこ》ぎっていけば、お日《ひ》さまの光《ひかり》のどまん中《なか》に出《で》られるからね。」

「ありがとう。そうします。」

それから、ママはいいました。

「では、さようなら。」

「さようなら。」

と、チューリッパもいいます。（ムーミントロールとスニフはなにもいえません。ふたりとも気《き》持《も》ちがわるくて、それどころではなかったのです。）

「どういたしまして。」

と、年《とし》とった男《おとこ》の人《ひと》はいいました。

こうして、みんなはジェットコースターに乗《の》って、岩山《いわやま》をものすごいスピードでぶんぶんかけぬけました。おかげで、山《やま》のむこう側《がわ》についたときには、すっかり目《め》がまわってしまいました。地《じ》べたにすわりこみ、ずいぶんしてから、ようやくひと息《いき》ついて、あたりを見《み》まわしました。

目《め》の前《まえ》には大《おお》きな海《うみ》がひろがり、お日《ひ》さまにきらきらと光《ひか》っています。

「泳《およ》ぎたいな！」

ムーミントロールはさけびました。もうすっかり元気《げんき》になったのです。

「ぼくも！」

スニフもいいました。

ふたりは水《みず》の上《うえ》にきらめくお日《ひ》さまの光《ひかり》をめがけて、まっすぐに走《はし》っていきました。チューリッパも髪《かみ》がばらばらにならないよう、頭《あたま》の上《うえ》にまとめて、そろそろと水《みず》にはいります。

TOVE

「つめたい！」

と、チューリッパが声《こえ》をあげました。

「あんまり長《なが》く水《みず》の中《なか》にいてはいけませんよ！」

ムーミントロールのママは大《おお》きな声《こえ》でさけび、日光浴《にっこうよく》をしようと横《よこ》になりました。まだとてもつかれていたのです。


そこへとつぜん、アリジゴクがすがたをあらわしました。浜《はま》べをぶらぶらしていたのです。かんかんにおこっているようです。

「ここはおれさまの浜《はま》べだ！　出《で》ていけ！」

「おあいにくさま。」

と、ムーミントロールのママはいいかえします。
「そうか、そっちがその気《き》なら。」
というと、アリジゴクはママの目《め》に砂《すな》をひっかけはじめました。砂《すな》をけちらし、かきだし、たいへんないきおいです。とうとうママは目《め》が見《み》えなくなってしまいました。アリジゴクはぐんぐん近《ちか》づいてきたかと思《おも》うと、いきなり砂《すな》にあなをほって、もぐりはじめました。あなは、どんどんふかくなっていきます。いまやあなのおくのほうで、目《め》がのぞいているだけです。そうしているあいだも、ママにせっせと砂《すな》をかけるのです。あなの中《なか》にずるずるとすべり落《お》ちはじめたママは、なんとかはいあがろうとします。
「たすけて！」

ママはさけび、砂《すな》をペッペッとはきだします。

「だれか、たすけて！」

ムーミントロールはママの声《こえ》をききつけ、水《みず》から飛《と》びでて、かけつけました。

まにあいました。

ムーミントロールはママの耳《みみ》をつかみ、全身《ぜんしん》の力《ちから》をこめてひっぱりあげながら、そのあいだもアリジゴクに悪《わる》口《くち》をあびせます。

スニフとチューリップもたすけにきて、やっとみんなでママをあなの外《そと》にひっぱりだしました。

ママはたすかったのです。

（アリジゴクは、ただもう、はらだちまぎれに砂《すな》をほりつづけています。いったい、いつになったら上《うえ》にあがってくるのでしょうね。)

ママの目《め》の中《なか》の砂《すな》をとりのぞき、ひと息《いき》つくまでには、それからずいぶんと時間《じかん》がかかりました。

泳《およ》ぎたいという気《き》がすっかり消《き》えうせてしまったみんなは、どこかにボートがないかと、海《うみ》べを見《み》てまわることにしました。もうお日《ひ》さまはかたむきはじめ、水平線《すいへいせん》のむこうでは、おそろしげな黒雲《くろくも》が頭《あたま》をもたげています。あらしになりそうです。

ふと見《み》ると、遠《とお》くの浜《はま》べでなにかがうごめいています。たくさんの小《ちい》さな青白《あおじろ》い生《い》きものたちが、帆《ほ》をはったボートを出《だ》そうとしているのです。

ムーミントロールのママはじっと見《み》ていましたが、大声《おおごえ》でさけびました。

「あれはさすらう生《い》きものたちよ！　ニョロニョロだわ！」

ママはものすごいいきおいでニョロニョロのほうへ走《はし》りだしました。

ムーミントロールとスニフとチューリッパがかけつけたときには、ママはニョロニョロたち（やっとママのこしくらいの身《み》の丈《たけ》です。）のまん中《なか》に立《た》って、話《はな》しかけたり、質問《しつもん》したり、手《て》をふったりと、なにやらとても興奮《こうふん》しているようです。

ムーミントロールのパパを見《み》かけなかったかと、何度《なんど》も、何度《なんど》も、たずねているのです。でもニョロニョロたちは、その色《いろ》のないまるい目《め》でママをちらっと見《み》るだけで、ボートを海《うみ》におしだすのにかかりきりです。

「あっ。」

と、ママは大声《おおごえ》をあげました。

「あわてていたので、ニョロニョロは口《くち》もきけないし耳《みみ》もきこえないということを、すっかりわすれていたわ。」

そこで、ママは砂《すな》の上《うえ》にハンサムなムーミントロールの絵《え》をかき、大《おお》きなクエスチョンマークをつけました。

でも、ニョロニョロは気《き》にもとめず、海《うみ》にボートをうかべ、帆《ほ》をあげようとしています。（ママの質問《しつもん》の意味《いみ》がわからなかったのでしょうか。ニョロニョロはあまりかしこくありませんからね。)

黒雲《くろくも》がむくむくともりあがり、海《うみ》には波《なみ》がたちはじめました。

「彼《かれ》らについていくしかないでしょうね。」

ムーミントロールのママは、かくごを決《き》めていいました。

「浜《はま》べはじめじめしてさびしいし、べつのアリジゴクに出《で》くわすというのもいやだわ。さあ、みんな、ボートに飛《と》びのって!」

「わかった。だけど、ぼくは知《し》らないよ。」

スニフはぶつぶついいます。でもとにかく、最後《さいご》にボートに乗《の》りこみました。

ニョロニョロのひとりが舵《かじ》をとり、ボートは外海《そとうみ》へとむかいます。

空《そら》はみるみる暗《くら》くなり、海《うみ》には白《しろ》い波頭《なみがしら》がたち、遠《とお》くでかみなりが鳴《な》っています。

チューリッパの髪《かみ》が風《かぜ》にはためき、消《き》えいりそうな光《ひかり》をはなっています。

「ぼく、こわいよ。」

スニフはいいます。

「きみたちといっしょになんか、くるんじゃなかった。」

「なんだよ。」

ムーミントロールは、もうそれ以上《いじょう》なんにもいう気《き》にならず、ママのそばにはっていって、よりそいました。

ときどき、とてつもない大波《おおなみ》がおしよせ、ボートのへさきを水《みず》びたしにします。

ボートは帆《ほ》をぴんとはって、ものすごいスピードで海《うみ》の上《うえ》をすべっていきます。波《なみ》間《ま》をおどりながらボートとすれちがう人魚《にんぎょ》や、小《ちい》さな海《うみ》のトロールの群《む》れが、ちらりとすがたを見《み》せたりもします。

かみなりはますますはげしくなり、ぴかり、ぴかりと、いなずまが空《そら》に走《はし》ります。

「ぼく、船《ふね》に酔《よ》っちゃったよ。」

スニフは、ムーミントロールのママに頭《あたま》をおさえてもらって、はきはじめました。

もう、とっくにお日《ひ》さまはしずんでいますが、ボートにならんで泳《およ》ごうとしている海《うみ》のトロールのすがたが、いなずまの光《ひかり》にうかびあがります。

「やあ、きみ。」

ムーミントロールはあらしの中《なか》からよびかけました。こわがってなんかいないぞ、というところを見《み》せたかったのです。

「やあ。」

海《うみ》のトロールも返事《へんじ》をします。

「きみはぼくらの親類《しんるい》かもしれないね。」

「そうだといいねえ。」

ムーミントロールはていねいにこたえます。(じつをいうと、ずいぶんむちゃをいうなあとは思《おも》ったのです。なんといってもムーミントロールは、海《うみ》のトロールよりもずっと品《ひん》のよい生《い》きものなんですからね。)

「ボートにお乗《の》りなさいよ。いつまでもそうしてはいられないでしょ。」

チューリッパが海《うみ》のトロールに大声《おおごえ》でいいました。

海《うみ》のトロールはボートのはしっこに飛《と》びのり、犬《いぬ》のようにからだをふるわせて、水《みず》をふりはらいました。

「すてきな天気《てんき》だね。」

海《うみ》のトロールはいいました。

「きみたち、どこへ行《い》くの?」

「どこだっていいよ。陸地《りくち》につきさえすれば。」

スニフはなさけない声《こえ》でいいます。その顔《かお》は船酔《ふなよ》いでまっ青《さお》です。

「そういうことなら、ぼくがしばらく舵《かじ》をあずかるよ。」

海《うみ》のトロールがいいます。

「このままの航路《こうろ》で行《い》くと、まっすぐ外海《そとうみ》に出《で》てしまうからね。」

海《うみ》のトロールは、舵《かじ》をとっていたニョロニョロをおしのけて、ボートをすいすい走《はし》らせはじめました。ふしぎなことに、海《うみ》のトロールが乗《の》ったとたんに、航海《こうかい》がすんなりいくようになりました。ボートはおどるように進《すす》み、ときには波《なみ》のてっぺんをひらりとジャンプしたりするのです。

スニフも元気《げんき》になってきたようです。ムーミントロールはうれしくて、大声《おおごえ》でさけびます。でも、ニョロニョロのようすは変《か》わりません。あいかわらず、じっと水平線《すいへいせん》を見《み》つめているだけ。知《し》らない土地《とち》から知《し》らない土地《とち》へと、どこまでも、どこまでも、旅《たび》をつづけることにしか興味《きょうみ》がないのです。

「ぼく、いい港《みなと》を知《し》っているよ。」

海《うみ》のトロールがいいます。

「ただ、入《い》り口《ぐち》がせまいから、ぼくみたいにうでのいい船乗《ふなの》りでないと、うまくいかないけどね。」

海《うみ》のトロールは大《おお》きな声《こえ》でわらい、ボートをじょうずにあやつって、波《なみ》の上《うえ》をぐーんとジャンプさせました。

そのとき、矢《や》のように走《はし》るいなずまにてらされて、海《うみ》の中《なか》から陸地《りくち》がすがたをあらわしました。

（ずいぶんあれはてて、うす気味《きみ》わるいところだわ。）

と、ムーミントロールのママは思《おも》いました。

「そこには、なにか食《た》べるものがあるかしら？」

ママはたずねます。

「どんなものでもあるさ。」

海《うみ》のトロールがいいます。

「さあ、しっかりつかまって。港《みなと》にはいっていくよ！」

その瞬間《しゅんかん》、ボートは黒《くろ》いさけめにすべりこみました。そそり立《た》つ岩壁《がんぺき》のはざまで、あらしがほえるようにあれくるい、海《うみ》が白《しろ》い波《なみ》しぶきをあげて岩《いわ》にぶちあたっています。ボートはこのまま岩《いわ》にぶつかってしまうのでしょうか。

いいえ、ボートは鳥《とり》のようにかろやかに波《なみ》の上《うえ》をすべり、大《おお》きな港《みなと》にすうっとはいっていきました。すきとおった水《みず》は、まるでサンゴ礁《しょう》の中《なか》のように、緑色《みどりいろ》でおだやかです。

「たすかったわ！」

ムーミントロールのママはいいました。じつをいうと、海《うみ》のトロールをあまり信用《しんよう》

していなかったのです。

「すてきなところね。」

「まあ、ものは考《かんが》えようさ。」

海《うみ》のトロールはいいます。

「ぼくは海《うみ》があれているときのほうが好《す》きだな。波《なみ》がおさまらないうちに、海《うみ》にもどるよ。」

海《うみ》のトロールはそういうと、ちゅうがえりをして、海《うみ》の中《なか》に消《き》えてしまいました。


ニョロニョロたちは、目《め》の前《まえ》に知《し》らない島《しま》があることに気《き》づくと、とつぜんいきいきとしてきました。風《かぜ》でたるんだ帆《ほ》をまきあげようとするニョロニョロもいれば、花《はな》ざかりの緑《みどり》の浜《はま》べをめざして、いっしょうけんめいにオールでこぎはじめるニョロニョロもいます。

ついにボートは、野《の》の花《はな》がさきみだれる原《はら》っぱのそばにつきました。ムーミントロールは、もやいづなを持《も》って、飛《と》びおりました。

「おじぎをして、ニョロニョロたちにお礼《れい》をいいなさい。」

ママがいいます。

ムーミントロールはふかぶかとおじぎをし、スニフもお礼《れい》のしるしに、しっぽをふってみせます。

「ほんとうにありがとう。」

ムーミントロールのママとチューリッパはそういって、頭《あたま》が地面《じめん》にくっつくほど、ていねいにおじぎをしました。

でも、みんなが頭《あたま》をあげたときには、ニョロニョロのかげもかたちもありません。

「すがたを見《み》えなくしてしまったんだ。」

スニフがいいます。

「変《か》わった連中《れんじゅう》だなあ。」


みんなは花《はな》ざかりの野原《のはら》に足《あし》をふみいれます。ちょうどお日《ひ》さまがのぼりはじめ、朝露《あさつゆ》の中《なか》で、すべてがきらきらとかがやいています。

「こんなところに住《す》みたいわ。」

チューリッパがいいます。

「ここの花《はな》は、わたしの住《す》みかだったチューリップよりもずっときれい。それに、わたしの髪《かみ》とあのチューリップとでは、うまく色《いろ》があわなかったもの。」

「見《み》て、ほんものの黄金《おうごん》の家《いえ》だ！」

とつぜん、スニフがさけびました。

スニフが指《ゆび》さしたのは、野原《のはら》のまん中《なか》にある塔《とう》です。ずらりとならぶ窓《まど》に、お日《ひ》さまの光《ひかり》がうつりこんでいます。いちばん上《うえ》の階《かい》はガラスづくりで、そこに光《ひかり》があたって、燃《も》えるような赤《あか》い金色《きんいろ》にかがやいているのです。

「だれが住《す》んでいるのかしら?」

ムーミントロールのママがいいます。

「朝早《あさはや》くから起《お》こすのは、気《き》のどくね。」

「でも、ぼくはおなかがぺこぺこだよ。」

ムーミントロールがいいます。

「ぼくも。」

「わたしも。」

スニフとチューリッパもいいます。

みんなはそろって、ムーミントロールのママをじっと見《み》つめました。

「ふう、しかたがないわね。」

ママは塔《とう》の前《まえ》に行《い》き、とびらをたたきます。

しばらくして、とびらの窓《まど》がひらき、まっ赤《か》な髪《かみ》の少年《しょうねん》が顔《かお》をのぞかせました。

「遭難《そうなん》なさったのですか？」

少年《しょうねん》はたずねました。

「まあ、そうともいえます。」

ママが答《こた》えます。

「おなかがすいていることはたしかですけれどね。」

少年《しょうねん》はとびらをひろくあけて、いいました。

「どうぞ、おはいりください。」

少年《しょうねん》はチューリッパを見《み》ると、ふかぶかとおじぎをしました。こんなに美《うつく》しい青《あお》い髪《かみ》は見《み》たことがなかったのです。チューリッパもおなじようにおじぎをしました。少年《しょうねん》の赤《あか》い髪《かみ》をうっとりするほどすばらしいと思《おも》ったのです。

みんなは少年《しょうねん》のあとから、らせん階段《かいだん》をのぼり、塔《とう》のいちばん上《うえ》のガラスばりの階《かい》につきました。そこからすべての方向《ほうこう》に海《うみ》が見《み》わたせるのです。部屋《へや》のまん中《なか》にあるテーブルには、ほかほかゆげのたっている海《うみ》のプディングを盛《も》った大《おお》きな深皿《ふかざら》が置《お》いてあります。

「ほんとうに、わたしたちのためのものなんですか？」

ママがたずねました。

「もちろんですとも。」

少年《しょうねん》はいいます。

「海《うみ》があらしになると、ぼくは見《み》はりに立《た》ちます。そして、この港《みなと》にたどりついたみなさんに、海《うみ》のプディングをごちそうするのです。いつでもそうなのですよ。」

みんなはテーブルをかこんですわり、あっというまに、お皿《さら》をからっぽにしてしまいました。（いつもお行儀《ぎょうぎ》がいいとはかぎらないスニフは、お皿《さら》をテーブルの下《した》に持《も》っていって、すっかりなめてきれいにしました。）

「ごちそうさまでした。」

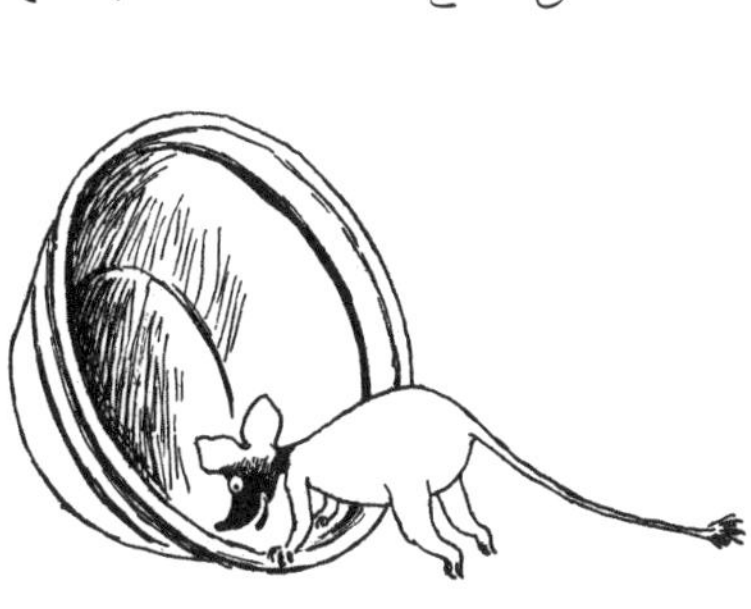

ムーミントロールのママはいいます。

「さぞかしいろんなかたに、ここで海《うみ》のプディングをごちそうなさったのでしょうね。」

「ええ、そうですね。世界《せかい》じゅうから、いろんな生《い》きものがここをおとずれましたよ。スナフキン、海《うみ》のおばけ、小《ちい》さな生《い》きもの、大《おお》きな生《い》きもの、スノーク、ヘムル、といろいろです。アンコウがお客《きゃく》になったこともあります。」

「あのう、ひょっとして、ムーミントロールを見《み》かけたことは？」

ムーミントロールのママがたずねました。気持《きも》ちが高《たか》ぶって、声《こえ》がふるえています。

「そう、一度《いちど》会《あ》いましたよ。」

少年《しょうねん》が答《こた》えます。

「このあいだの月曜日《げつようび》の台風《たいふう》のあとに。」

「それ、まさかパパじゃないよね！」

ムーミントロールがさけびます。

「そのムーミントロールは、しっぽをポケットにいれるくせがあった？」

「そういえば、そんなくせがあったなあ。よくおぼえていますよ。たのしそうに見《み》えましたからね。」

ムーミントロールとママはうれしくって、うれしくって、ひしとだきあいます。スニフは飛《と》びはねながら、やった、すごいや、とさけびました。

「そのムーミントロールは、どちらの方角《ほうがく》へ行《い》きました？」

ママはたずねます。

「なにかいってました？　どこにいるのかしら？

元気《げんき》そうでした？」

「元気《げんき》そうでしたよ。そうですね、南《みなみ》のほうへ行《い》きましたよ。」

「じゃ、すぐ追《お》いかけましょう。追《お》いつけるかもしれないわ。いそぐのよ、みんな。ハンドバッグはどこかしら？」

ママはそういうと、みんながついていけないほどのスピードで、らせん階段《かいだん》をかけおりました。


「待《ま》ってください。ちょっと待《ま》ってくださいよ！」

とびらのところでみんなに追《お》いつくと、少年《しょうねん》はいいました。

「ごめんなさいね。きちんとさようならもいわないで。」

ムーミントロールのママは、そわそわと足《あし》ぶみしながら、あやまります。

「でも、わかってくださるわよね……。」

「そうじゃありません。」

少年《しょうねん》は髪《かみ》の毛《け》とおなじくらいまっ赤《か》になって、口《くち》ごもります。

「あの、ぼく、考《かんが》えたんですけど。つまりその、ひょっとして……。」

「はっきりいってごらんなさいな。」

ママはいいました。

「ねえ、チューリッパ。」

少年《しょうねん》はいいます。

「すてきなチューリッパ。ここにとどまる気《き》はありませんか？」

「よろこんで。」

チューリッパはまよわず答《こた》えました。とてもうれしそうです。

「あなたのガラスの塔《とう》でずっと考《かんが》えていたの。ここで海《うみ》の旅人《たびびと》のために、わたしの髪《かみ》を光《ひか》らせることができればいいなって。それに、海《うみ》のプディングはわたしの得意料理《とくいりょうり》なの。」

それから、チューリッパは少《すこ》し心配《しんぱい》そうにママを見《み》て、いいました。

「もちろん、パパをさがすおてつだいをしたいという気《き》持《も》ちも……。」

「いいえ、だいじょうぶ。わたしたちだけでやっていけるわ。」

と、チューリッパをさえぎって、ママがいいます。

「あなたたちふたりに手紙《てがみ》を書《か》きますよ。どうなったかを知《し》らせるためにね。」

そこで、みんなはだきあって、さようならをいいました。

こうして、ムーミントロールはママとスニフといっしょに、南《みなみ》をめざして旅《たび》をつづけることになりました。

一日《いちにち》じゅう、みんなは花《はな》のさきみだれる野原《のはら》を歩《ある》きつづけました。ムーミントロールはできることなら、ゆっくり探検《たんけん》したいと思《おも》いましたが、ママは先《さき》をいそいでいて、立《た》ちどまることもゆるしてくれません。

「あっ、すごくへんな木《き》だ。こんなの見《み》たことあるかい？」

スニフがたずねます。

「幹《みき》がひょろりと長《なが》くて、てっぺんにちょっぴり葉《は》っぱがついているだけだなんて。

ばかみたいな木《き》だなあ。」

「おばかさんなのは、あなたのほうよ。」

ムーミントロールのママはいいました。いらいらしているせいです。

「これはヤシの木《き》よ。むかしから、こういう形《かたち》をしているの。」

「そんなのどうでもいいよ。」

スニフは、むっとしていいかえしました。

夕方近《ゆうがたちか》くなると、ずいぶんあつくなってきました。草木《くさき》は頭《こうべ》をたれ、お日《ひ》さまはうす気味《きみ》わるい赤《あか》い色《いろ》で、じりじりとてりつけます。

もともとムーミントロールという生《い》きものは、あたたかいのが大好《だいす》きです。でも、さすがにこのあつさにはげんなりです。そこらじゅうにはえている大《おお》きなサボテンのかげで、ひと休《やす》みしたくなってしまいます。だけど、ママは、パパの足《あし》どりがつかめるまでは、ゆっくりと休《やす》む気《き》にはなれません。

日《ひ》がかげりだしても、ただひたすら、まっすぐ南《みなみ》をめざして歩《ある》きつづけます。

とつぜん、スニフが立《た》ちどまって、耳《みみ》をそばだてました。

「ぼくらのまわりでカサコソ音《おと》をたてているのはなんだろう?」

きこえてきました。葉《は》っぱのあいだでささやくようなかすかな音《おと》です。

「ただの雨《あめ》よ。」

ムーミントロールのママがいいます。

「とりあえずサボテンの下《した》にもぐりこみましょう。」

ひと晩《ばん》じゅう、雨《あめ》はふりつづきました。

翌朝《よくあさ》は、どしゃぶりの雨《あめ》。見《み》わたすかぎり、すべてが灰色《はいいろ》にくすみ、ゆううつな感《かん》じがします。

「しかたがないわ。とにかく歩《ある》きつづけましょう。」

ムーミントロールのママがいいました。

「こういうこともあろうかと、とっておいたものがあるの。お食《た》べなさい。」

ママはそういうと、ハンドバッグから大《おお》きなチョコレートをとりだしました。あの年《とし》とった男《おとこ》の人《ひと》のふしぎな庭《にわ》からもらってきたものです。ママはチョコレートを二つにわり、ムーミントロールとスニフにわたしました。

「ママはなにも食《た》べないの？」

ムーミントロールがききます。

「わたしはチョコレートがきらいなのよ。」


こうして、みんなはどしゃぶりの雨《あめ》の中《なか》を、一日《いちにち》じゅう、つぎの日《ひ》もまた一日《いちにち》じゅう、旅《たび》をつづけました。食《た》べるものといったら、雨《あめ》にぬれたヤマイモや、少《すこ》しばかりのイチジクの実《み》ぐらいしかありません。

三日《みっか》めになると、いままでになかったほどの大雨《おおあめ》になり、小川《おがわ》はみな、白《しろ》くあわだつ大《おお》きな川《かわ》にすがたを変《か》えてしまいました。

前《まえ》に進《すす》むのも、いよいよむずかしくなってきました。水《みず》かさはふえるいっぽうです。しまいには、流《なが》れにのみこまれないために、小《ちい》さな岩《いわ》によじのぼらなければなら

なくなりました。

ごうごうとうずまく水《みず》がせまってくるのを見《み》つめているうち、からだはこごえてきます。家具《かぐ》や家《いえ》や大《おお》きな木《き》が、洪水《こうずい》のうずにまきこまれて流《なが》されていきます。

「ぼく、やっぱりおうちに帰《かえ》る！」

スニフがわめきます。でもだれも、きいていません。

ムーミントロールとママは、水《みず》の中《なか》をおどるように流《なが》されていく、なにやらふしぎなものを見《み》ていたのです。

「遭難《そうなん》した生《い》きものだ！」

目《め》のいいムーミントロールがさけびました。

「一家《いっか》そろってだ！　ママ、たすけなくちゃ！」

布《ぬの》ばりの籐《とう》いすがゆれながら近《ちか》づいてきます。水《みず》の上《うえ》に出《で》ている枝《えだ》の先《さき》にひっかかっても、すぐに水《みず》のうずにまきこまれて、枝《えだ》からはなれ、おし流《なが》されていきます。

いすの上《うえ》には、びっしょりぬれた母《はは》ネコと、おなじようにびしょぬれの五ひきの子《こ》ネコがいます。

「かわいそうなお母《かあ》さん！」

ママはそうさけぶと、流《なが》れに飛《と》びこみました。水《みず》はこしの高《たか》さまであります。

「わたしをつかまえていて！　しっぽであのネコたちをひきよせるから。」

ムーミントロールはママをしっかりつかまえます。スニフは気《き》持《も》ちが高《たか》ぶるあまり、なにもできずにさわいでいるだけです。

すぐそばを籐《とう》いすが、ぐるぐるまわりながら流《なが》れていきます。ママは、すばやくしっぽの先《さき》をそのひじかけにからませて、ぐいとひきよせます。

「さあ！」

と、ママ。

「よーし！」

ムーミントロールもさけびます。

「よいしょ、よいしょ！」

スニフもかけ声《ごえ》だけは元気《げんき》です。

「手《て》をはなしちゃだめよ！」

籐《とう》いすはゆっくりと向《む》きを変《か》えて、岩《いわ》に近《ちか》づいてきました。ちょうどそのとき、うまい具合《ぐあい》に波《なみ》が打《う》ちよせて、いすを岩《いわ》の上《うえ》におしあげました。

母《はは》ネコは一ぴきずつ子《こ》ネコの首《くび》をくわえて、籐《とう》いすからはこびだし、一列《れつ》にならば

せます。からだをかわかさなくてはなりませんからね。

「ありがとうございました。こんなひどいあらしは、はじめてですよ。ニャンともね。」

母《はは》ネコはそういって、子《こ》ネコをなめはじめました。

「もうすぐあらしはおさまると思《おも》うな。」

スニフが口《くち》をはさみました。みんなの気《き》をそらしたかったのです。（スニフは自分《じぶん》がこの人《ひと》だすけの役《やく》に立《た》てなかったことで、気《き》まずい思《おも》いをしていたのですね。）

でも、スニフのいったとおりです。

雲《くも》がとぎれ、お日《ひ》さまの光《ひかり》がひとすじ、またひとすじと、さしこみます。まもなく、どっとおしよせ流《なが》れる水面《すいめん》いっぱいに、お日《ひ》さまがまばゆくふりそそぎはじめました。

「すごい！」

ムーミントロールがさけびます。

「なにもかも、うまくいきそうだよ！」

さあっと風《かぜ》がまきおこって、雲《くも》を追《お》いはらい、雨《あめ》にぬれて重《おも》たくなった木《き》の枝《えだ》をゆらします。あれくるっていた水《みず》もしずまり、どこかで鳥《とり》が一羽《わ》さえずっています。

母《はは》ネコはお日《ひ》さまの光《ひかり》をあびて、のどをゴロゴロ鳴《な》らしています。

ムーミントロールのママは、きっぱりといいました。

「さあ、また歩《ある》くのよ。水《みず》がひくまで待《ま》っていられないわ。みんな、籐《とう》いすに乗《の》りこんで。水《みず》の中《なか》におしだしますからね。」

「わたしはここにいるわ。」

母《はは》ネコはそういって、あくびをします。

「むやみにいそぐ必要《ひつよう》はありませんしね。地面《じめん》がかわいてから、家《いえ》にもどりますよ。」

TOVE

お日《ひ》さまの光《ひかり》にあたって、元気《げんき》をとりもどしたのでしょう。五ひきの子《こ》ネコもきちんとすわりなおし、母《はは》ネコをみならって、あくびをしています。

ムーミントロールのママは、籐《とう》いすを岩《いわ》の上《うえ》からおしだしました。

「気《き》をつけてね！」

スニフはそういうと、いすの背《せ》にはりついて、あたりを見《み》まわします。こんなに大《おお》きな洪水《こうずい》のあとだから、高価《こうか》なものが流《なが》れてくるにちがいないと考《かんが》えたのです。たとえば、宝石《ほうせき》がいっぱいつまった小箱《こばこ》とか。ぜったいにない、とはいいきれませんものね。だから、スニフはいっしょうけんめい目《め》をこらしました。

スニフが、あっ、とさけび声《ごえ》をあげます。光《ひか》るものが水《みず》にうかんでいるではありませんか。

「あっちへ行《い》こうよ！　なにかが流《なが》れていく。光《ひか》るものだよ！」

「流《なが》れてくるものを、ぜんぶひろいあげているひまはないわ。」

ママはそういいましたが、それでも、いすの向《む》きを変《か》えます。なんといっても、とてもやさしいママですものね。

「なあんだ、ただの古《ふる》いびんだ。」

スニフはしっぽでひきあげてみて、がっかりしていいました。

「おまけに、からっぽ。」

と、ムーミントロールもいいました。

「わからないの？」

ママはまじめな顔《かお》でいいます。

「これはとてもたいせつなものよ。手紙《てがみ》をはこぶびんなの。ほら、手紙《てがみ》がはいっているでしょう？」

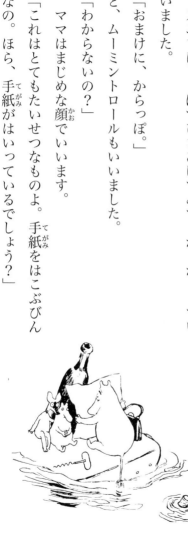

ママはハンドバッグから、せんぬきをとりだし、びんのコルクをぬきました。ふるえる手《て》で手紙《てがみ》をひざの上《うえ》にひらき、読《よ》みあげます。

この手紙《てがみ》を発見《はっけん》してくださったかたへ。

どうかわたしをたすけてください！
わたしのすばらしい家《いえ》は洪水《こうずい》で流《なが》されてしまいました。
わたしはひとりぼっちで、おなかをすかし、寒《さむ》さにこごえ、木《き》の上《うえ》にすわっています。
こうしているあいだにも水《みず》かさはふえるばかりです。

不運《ふうん》なムーミントロールより

「ひとりぼっちで、おなかをすかし、寒《さむ》さにこごえている。」

ムーミントロールのママはそうつぶやいて、なみだを流《なが》しました。

「ああ、かわいそうなわたしのぼうや。おまえのパパはとっくのむかしにおぼれてしまったのかもしれない！」

「泣《な》かないで。」

ムーミントロールはママにいいます。

「もしかしたら、パパはこのすぐ近《ちか》くの木《き》にいるかもしれないよ。それに、ほら、水《みず》がひいていく。」

ほんとうです。水《みず》かさはみるみるへっていきます。

あちらこちらで、丘《おか》やかきねや屋根《やね》が水《みず》の上《うえ》にあらわれ、いまでは鳥《とり》たちも思《おも》いきりさえずっています。

籐《とう》いすはしずかにひとゆれして、小高《こだか》い丘《おか》に乗《の》りあげました。

たくさんの生《い》きものが右《みぎ》へ左《ひだり》へと走《はし》りまわり、自分《じぶん》の持《も》ち物《もの》を水《みず》からひっぱりあげ

ています。

「おや、そいつはわたしの籐《とう》いすじゃないか。」

大《おお》きなヘムルがさけびました。このヘムルはわが家《や》の食堂《しょくどう》に置《お》いてあった家具《かぐ》を集《あつ》めて、岸《きし》べにつみあげているところでした。

「どういうつもりだ。わたしの籐《とう》いすをボートがわりに乗《の》りまわすとは！」

「ほんとにけっこうなボートですこと！」

ママはおこって、岸《きし》べにおりたちます。

「こんなの、ほしくもないわ！」

「おこらせちゃだめだよ。」

スニフがささやきます。

「かみつくかもしれないからね！」

「ばかばかしい！」

ママは平気《へいき》です。

「さあ、いらっしゃい。」

びしょぬれのいすを調《しら》べているヘムルにはかまわず、みんなは岸《きし》べにそって歩《ある》きだしました。


「見《み》て！」

ムーミントロールは、りっぱなコウノトリを指《ゆび》さしました。

コウノトリはうろうろと歩《ある》きまわって、なにやらつぶやいています。

「あのコウ、ノ、ト、リ、は、なにをなくしたのかなあ。ヘムルよりもっとおこっているみたいだ。」

コウノトリはムーミントロールのことばをききとがめていいます。

耳《みみ》はいいのですね。

「おい、なまいきなちびすけ。おまえだって、百さい近《ちか》くになってめがねをなくしたら、そんなにうきうきしているわけにはいかないだろうよ。」

そういうと、コウノトリは背《せ》をむけ、さがしつづけます。

「いらっしゃい。わたしたちはパパをさがさなくてはならないのよ。」

ママはムーミントロールとスニフの手《て》をとって、足《あし》をはやめました。

しばらく行《い》くうちに、水《みず》がひいたばかりの草《くさ》のあいだに、なにか光《ひか》るものが横《よこ》たわっているのを見《み》つけました。

「ぜったいダイヤモンドだ！」

スニフがさけびます。

近《ちか》よってみると、それはめがねでした。

「コウノトリのだ。ねえ、ママ、そう思《おも》わない?」

ムーミントロールがたずねます。

「そうね。」

ママは答《こた》えます。

「走《はし》ってもどって、コウノトリにかえしてあげなさい。よろこんでくれるでしょう。でも、いそいでね。かわいそうなパパは、おなかをすかして、びしょぬれで、ひとりぼっちで、どこかにいるのよ。」

ムーミントロールはみじかい足《あし》をうごかして、いっしょうけんめいに走《はし》ります。遠《とお》くに、水《みず》の中《なか》に頭《あたま》をつっこみ、めがねをさがしているコウノトリが見《み》えました。

「おーい、おーい！」

ムーミントロールはよびかけます。

「コウノトリのおじさん、めがねがあったよ！」

「まさか、ほんとうかい？」

コウノトリはほんとうにうれしそうです。

「おまえもそれほど役立《やくた》たずのちびすけというわけでもないな。」

コウノトリはそういうと、めがねをかけて、あたりを見《み》まわしました。

「ぼく、すぐ行《い》かなくちゃ。」

ムーミントロールがいいます。

「じつは、ぼくたちもさがしているんだ。」

「おお、そうかい。なにをさがしているのかね？」

コウノトリはやさしくたずねます。

「ぼくのパパだよ。どこかの木《き》の上《うえ》にいるはずなんだ。」

コウノトリは長《なが》いこと考《かんが》えてから、きっぱりといいました。

「そいつは、おまえたちだけではうまくいかんだろう。わたしがてつだってやろう。

めがねを見《み》つけてくれたんだからな。」

コウノトリは、くちばしでムーミントロールをそっとくわえると、自分《じぶん》のせなかに乗《の》せました。

それから、つばさを二、三度《ど》はばたかせ、岸《きし》べの上《うえ》にまいあがりました。

ムーミントロールは、いままで空《そら》を飛《と》んだことがありません。ものすごくたのしくて、ほんのちょっぴりこわい経験《けいけん》でした。

コウノトリのせなかに乗《の》って、ママとスニフに追《お》いついたムーミントロールは、大《おお》いばり、うれしくってたまりません。

「おくさん、捜索《そうさく》のおてつだいをいたしましょう。」

コウノトリはそういって、ムーミントロールのママにおじぎをします。

「さあ、わたしのせなかにお乗《の》りなさい。すぐさま出発《しゅっぱつ》しますよ。」

コウノトリは、まずママをせなかに乗《の》せ、それから、ぴいぴいさわいでいるスニフ

を乗《の》せました。

「しっかりつかまって。水《みず》の上《うえ》を飛《と》びますからね。」

「こんなにすばらしいことは、はじめてですわ。」

ムーミントロールのママがいいます。

「飛《と》ぶというのは、思《おも》っていたほどおそろしいことではありませんのね。さあ、みんな、しっかり目《め》をこらして、パパを見《み》つけるのよ！」

コウノトリは大《おお》きく弓《ゆみ》なりになって飛《と》び、木《き》の上《うえ》にさしかかるたびに、少《すこ》し高度《こうど》をさげます。

たくさんの生《い》きものが、あちらこちらの枝《えだ》の上《うえ》にいます。でも、パパのすがたはどこにもありません。

「あのちびすけたちは、あとでたすけてやるとしよう。」

コウノトリはすっかり人《ひと》だすけが気《き》にいってしまったようです。

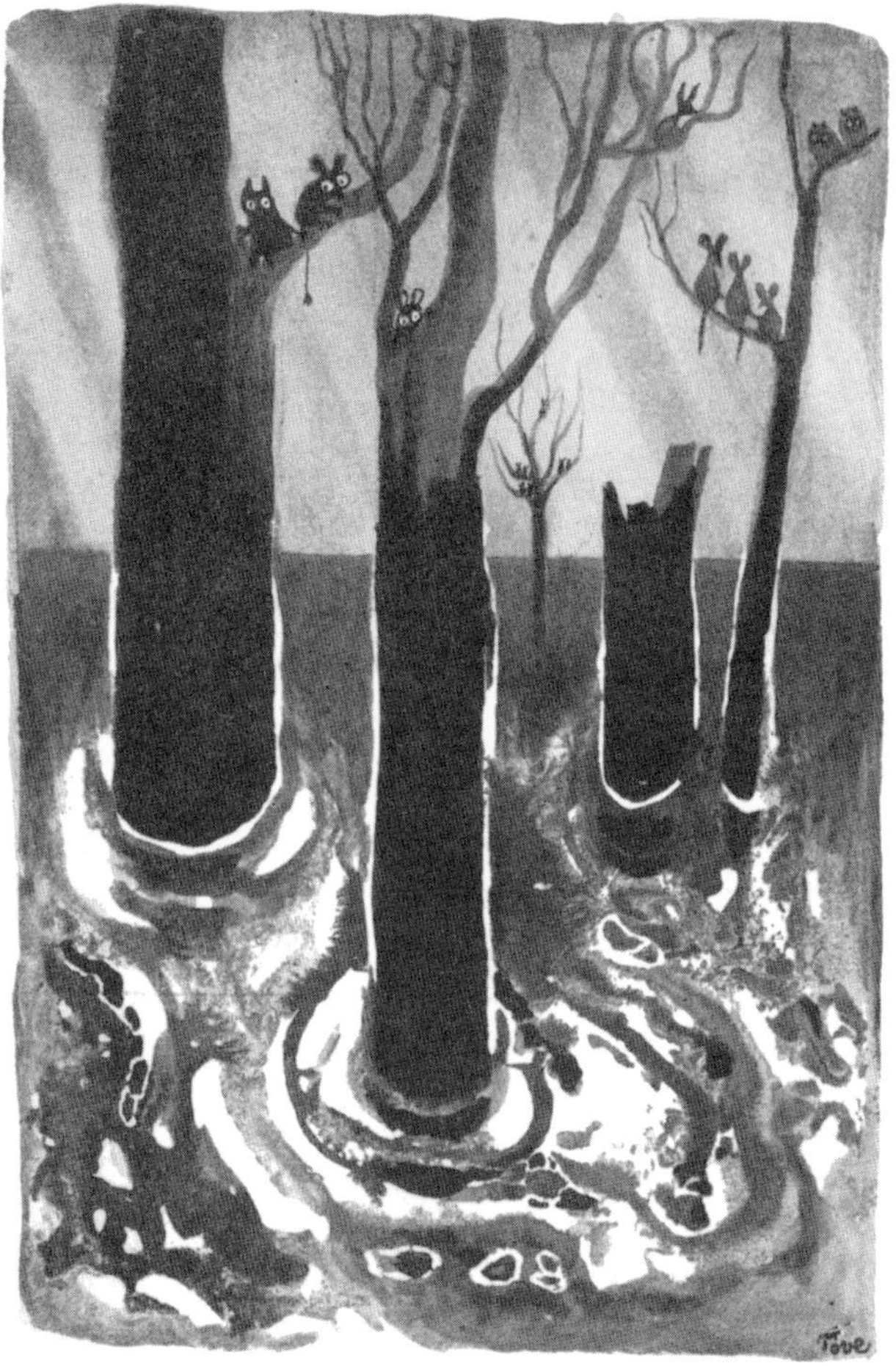

ずいぶん長《なが》いこと、コウノトリは、行《い》ったりきたり、水《みず》の上《うえ》を飛《と》びまわりました。

お日《ひ》さまはかたむきはじめています。

パパは見《み》つかりそうにありません。

とつぜん、ママがさけびました。

「パパよ！」

ママははげしく両手《りょうて》をふり、いきおいあまって、ころげ落《お》ちそうになります。

「パパ！」

ムーミントロールも大声《おおごえ》でさけびます。

ただうれしくって、スニフもさけびます。

そうです。大《おお》きな木《き》のいちばん高《たか》い枝《えだ》の上《うえ》に、びしょぬれのムーミントロールがしょんぼりとすわり、水《みず》をじいっと見《み》つめているのです。そばには、たすけをもとめる旗《はた》がひるがえっています。

コウノトリが木《き》の上《うえ》にまいおりたときの、パパのおどろきとよろこびようといったら。しかも、家族《かぞく》のみんなが、枝《えだ》の上《うえ》に飛《と》びおりてきたのです。

パパはもう、口《くち》もきけません。

「わたしたち、もう二度《にど》と、はなればなれにならないわね。」

ママはすすり泣《な》きながら、パパをだきしめました。

「あなた、だいじょうぶ？　寒《さむ》くない？　いままでどこにいたの？　あなたのたてたすばらしいおうちはどこにあるの？　わたしたちのこと、思《おも》い出《だ》していてくれた？」

「ほんとうにすばらしい家《いえ》だったんだ。」

パパはいいます。

「息子《むすこ》よ、ずいぶん大《おお》きくなったなあ！」

心《こころ》をうごかされたコウノトリは、

「おっほん！」

と、口《くち》をはさみます。

「あんたがたを陸地《りくち》にはこんでいってあげよう。そのあと、わたしはお日《ひ》さまがしずむまで、もう少《すこ》し救助《きゅうじょ》をつづけるとしよう。人《ひと》だすけは、えらく気持《きも》ちのいいものですな。」

コウノトリはみんなを岸《きし》べにはこんでいきます。そのあいだも、みんなは自分《じぶん》たち

がくぐりぬけてきたおそろしいできごとを、口々《くちぐち》にしゃべりあいました。

岸《きし》べのあちこちでは、たくさんの生《い》きものが火《ひ》をおこして、からだをあたため、食事《しょくじ》をつくっています。たいていは、家《いえ》をなくしたものたちです。

そんなたき火《び》のそばに、コウノトリはムーミントロール、パパとママ、それからスニフをおろしました。そして、別《わか》れのあいさつもそこそこに、また水《みず》の上《うえ》にまいあがっていきました。

「やあ、こんばんは。どうぞおすわりなさい。もうすぐスープができますよ。」

たき火《び》をたいている二ひきのアンコウがいいました。

「ありがとうございます。」

ムーミントロールのパパはお礼《れい》をいって、話《はな》しはじめました。

「洪水《こうずい》のまえにわたしがどれほどすばらしい家《いえ》をもっていたか、あなたがたには見当《けんとう》もつかないでしょうね。すべて自分《じぶん》でたてたのですよ。でも、またあたらしい家《いえ》をたてますから、そのときはいつでもおいでください。歓迎《かんげい》しますよ。」

「どれくらい大《おお》きかったの？」

スニフがききます。

「部屋《へや》は三つだ。」

パパがいいます。

「空《そら》のような青《あお》い部屋《へや》、お日《ひ》さまのような金色《きんいろ》の部屋《へや》、それに水玉《みずたま》もようの部屋《へや》だ。屋根《やね》うらにはお客《きゃく》さん用《よう》の部屋《へや》もある。スニフ、きみの部屋《へや》だよ。」

「わたしたちと住《す》もうと思《おも》ってたてたの？」

と、ママはうれしそうにききました。

「もちろんさ。」

パパはいいます。

「おまえたちをずっとさがしていたんだ、あちこちとね。あのなつかしいストーブのことがわすれられなくてね。」

みんなは火《ひ》をかこんで、それぞれの冒険《ぼうけん》を語《かた》りあい、スープを飲《の》みます。

月《つき》がのぼり、岸《きし》べのたき火《び》もつぎつぎに消《き》えていきました。

みんなはアンコウから借《か》りた一枚《まい》の毛布《もうふ》にもぐりこみ、ぴったりからだをよせあってねむりました。

つぎの日《ひ》の朝《あさ》、水《みず》はずいぶんひいていました。お日《ひ》さまの光《ひかり》にてらされて、みんなはうきうきした気分《きぶん》で出《で》かけました。おどりながら先頭《せんとう》を行《い》くスニフは、うれしくって、しっぽをバラの花《はな》のようにむすんでいます。

一日《いちにち》じゅう、みんなはあちらこちらと歩《ある》きまわりました。そうしているうちに、とてもすてきなところにやってきました。雨《あめ》あがりで、いたるところに目《め》を見《み》はるほどきれいな花《はな》がさき、どの木《き》も花《はな》と実《み》でおおわれています。ちょっと木《き》をゆするだけで、実《み》が落《お》ちてくるのです。

最後《さいご》に、小《ちい》さな谷《たに》にやってきました。それまで見《み》たどんなところよりも美《うつく》しい谷《たに》です。その草地《くさち》のまん中《なか》に、タイルばりのストーブにそっくりの家《いえ》がたっています。とてもすてきな青《あお》いペンキぬりの家《いえ》です。

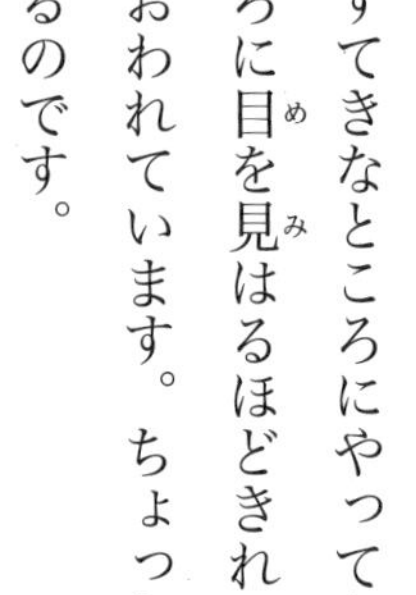

「わたしの家《いえ》だ！」
ムーミントロールのパパはさけびました。もう、うれしくてたまりません。

「あの家《いえ》はここまで流《なが》されてきて、こうしてちゃんとたっているじゃないか！」

「すごいや！」

スニフは大声《おおごえ》でさけびます。

みんなは谷《たに》をかけおりて、うっとりと家《いえ》をながめます。

スニフは屋根《やね》までよじのぼり、そこでいっそう声《こえ》をはりあげました。だって、えんとつのところに、ほんものの大《おお》つぶの真珠《しんじゅ》のネックレスを見《み》つけたのです。洪水《こうずい》で流《なが》されてきて、そこにひっかかったのでしょう。

「ぼくらは大金持《おおがねも》ちだ！」

スニフはさけびます。

「車《くるま》だって、もっと大《おお》きな家《いえ》だって買《か》えるよ！」

「いいえ。」

ムーミントロールのママはいいます。

Tove

「この家《いえ》よりすばらしい家《いえ》はないわ。」

そして、ママはムーミントロールの手《て》をとり、空《そら》のように青《あお》い部屋《へや》へはいっていきました。

こうして、いつまでも、いつまでも、みんなはこの谷《たに》に住《す》みつづけました。もっとも、気分《きぶん》を変《か》えるために、何度《なんど》か遠出《とおで》はしましたけれどね。

解説《かいせつ》「ムーミン童話《どうわ》の誕生《たんじょう》」

高橋静男《たかはししずお》（フィンランド文学研究家《ぶんがくけんきゅうか》）

ヤンソンさんの処女作《しょじょさく》『小《ちい》さなトロールと大《おお》きな洪水《こうずい》』がやっと日本《にほん》に紹介《しょうかい》されました。同《おな》じムーミンが登場《とうじょう》する物語《ものがたり》でありながら、あとに書《か》かれたムーミン童話《どうわ》より三十年《ねん》もおくれて日本《にほん》に紹介《しょうかい》されたことになります。

処女作《しょじょさく》がこんなにもおくれて紹介《しょうかい》されることは、まれですので、まずその間《あいだ》の事情《じじょう》を明《あき》らかにしておきたいと思《おも》います。ヤンソンさんに二度目《どめ》にお会《あ》いした折《おり》に、この作品《さくひん》を日本語《にほんご》に翻訳《ほんやく》したいとヤンソンさんに申《もう》し上《あ》げたところ、彼女《かのじょ》は処女作《しょじょさく》はあまり出来《でき》がよくないといって、原本《げんぽん》さえ見《み》せてくれませんでした。しかし、この作品《さくひん》にはムーミン童話《どうわ》のさまざまな要素《ようそ》が入《はい》っているので、興味深《きょうみぶか》いのだと申《もう》し上《あ》げたのですが、ヤンソンさんはついに首《くび》をたてにふってくれませんでした。ところが、一九八二年夏《ねんなつ》にヤンソンさんから原作《げんさく》のコピーが送《おく》られてきました。そしてこのままで翻訳《ほんやく》・出版《しゅっぱん》してもよいが、いずれ書《か》き直《なお》すつもりであるという趣旨《しゅし》の手紙《てがみ》がそえられていました。ヤンソンさんは、なんらかの理由《りゆう》でこの作品《さくひん》をおおやけにしたくなかったとみてよいでしょう。

そのために、翻訳《ほんやく》・出版《しゅっぱん》を見合《みあ》わせるほかなく、様子《ようす》をみようということになりました。それから十年《ねん》がたち、ヤンソンさんは、処女作《しょじょさく》が処女作《しょじょさく》のままで出版《しゅっぱん》されることに同意《どうい》し、いまここに日本語版《にほんごばん》が出版《しゅっぱん》されました。

この作品《さくひん》はムーミン童話《どうわ》の読者《どくしゃ》にとっても、ムーミン童話《どうわ》や作者《さくしゃ》のことを考《かんが》える人《ひと》にとっても大切《たいせつ》な作品《さくひん》だと思《おも》います。ムーミン童話《どうわ》を読《よ》んだ人《ひと》であれば、おもしろいところ、感心《かんしん》するところ、はっとさせられるところ、思《おも》わぬ発見《はっけん》などがたくさんあるのではないでしょうか。ムーミントロールの初《はじ》めての友《とも》だちがだれであったのかがわかり、むかしのママはのちのママとはずいぶんちがうところもあり、パパの放浪《ほうろう》ぐせはあいかわらずで、弱気《よわき》で甘《あま》えるムーミントロールにも出会《であ》えます。

さらに興味深《きょうみぶか》いのは、ムーミン童話誕生《どうわたんじょう》の秘密《ひみつ》がかくされていることです。「不安《ふあん》」な感《かん》じが物語全体《ものがたりぜんたい》をおおっているところはムーミン童話《どうわ》とよく似《に》ていますが、ここでは「不安《ふあん》」はより深刻《しんこく》です。「太陽《たいよう》が見《み》えない」「もう二度《にど》と見《み》えない」「寒《さむ》い」という「不安《ふあん》」な状況《じょうきょう》下《か》で、行方不明《ゆくえふめい》になったパパを心配《しんぱい》しつづけているママは魔法《まほう》の庭《にわ》でさえ楽《たの》しめません。そのためパパさがしの「ひたすら安《やす》らぎを求《もと》める物語《ものがたり》」になっています。こうした筋書《すじが》きはムーミン童話《どうわ》にはみられないものです。ムーミン童話《どうわ》では目的意識《もくてきいしき》をあらわさずにめいめいが自分《じぶん》の関心事《かんしんじ》に熱中《ねっちゅう》して生《い》きています。

『小《ちい》さなトロールと大《おお》きな洪水《こうずい》』は、一九四五年《ねん》に出版《しゅっぱん》されましたが、ヤンソンさんがこの作品《さくひん》の構想《こうそう》を思《おも》いたったのは一九三九年《ねん》の冬《ふゆ》からでした。そのすこし前《まえ》、九月一日《がっついたち》にナチス・ドイツがポーランドに侵攻《しんこう》して第二次世界大戦《だいにじせかいたいせん》が始《はじ》まった直後《ちょくご》に、ヤンソンさんは大《おお》きな転換期《てんかんき》をむかえました。長《なが》いこと描《えが》きつづけてきた絵《え》の「色《いろ》は死《し》に」「すべて灰色《はいいろ》になり」、ついに絵筆《えふで》をとることができなくなりました。そして安《やす》らかであった子《こ》ども時代《じだい》がむしょうに恋《こい》しくなり、母《はは》に語《かた》ってもらったお話《はなし》の世界《せかい》にとじこもり、やがて自分《じぶん》で書《か》きはじめたのがこの作品《さくひん》だったのです。

戦争《せんそう》はヤンソンさんにそれほど大《おお》きな影響《えいきょう》をあたえました。四歳《さい》のときに内戦《ないせん》に遭遇《そうぐう》したことも影響《えいきょう》しているのかもしれませんが、当時《とうじ》は強硬《きょうこう》な戦争反対論者《せんそうはんたいろんしゃ》でした。月刊政治風刺《げっかんせいじふうし》誌《し》「ガルム」（北欧神話《ほくおうしんわ》にでてくる死者《ししゃ》の国《くに》の番犬《ばんけん》の名前《なまえ》）の風刺画《ふうしが》を担当《たんとう》して、ガルムの名《な》にふさわしく、戦争《せんそう》を糾弾《きゅうだん》し、好戦的《こうせんてき》な政治家《せいじか》にかみつきほえたてる風刺画家《ふうしがか》として知《し》られていました。とくに一九三八年《ねん》九月《がつ》のミュンヘン会議《かいぎ》でチェコスロバキアのズデーテン地《ち》方《ほう》をドイツに割譲《かつじょう》することが協定《きょうてい》されるや、ヒットラー、チェンバレンほかの人物《じんぶつ》の幼児性《ようじせい》を描《えが》いた作品《さくひん》がガルム誌《し》の表紙《ひょうし》となり、政界《せいかい》の大騒動《おおそうどう》になりました。翌年《よくねん》、戦争《せんそう》はフィンランドにも襲《おそ》ってきました。一九三九年《ねん》十一月《がつ》三十日《にち》、ソ連軍《れんぐん》がフィンランドに侵攻《しんこう》し、ヘルシンキが空爆《くうばく》されたり、逆《ぎゃく》にフィンランドが旧国境《きゅうこっきょう》までソ連軍《れんぐん》を追《お》い返《かえ》したり、ドイツ軍《ぐん》に国内通過権《こくないつうかけん》をあたえたりして、一九四四年《ねん》九月《がつ》の対《たい》ソ休戦後《きゅうせんご》には、その戦後処理《せんごしょり》のためにこんどはドイツ軍《ぐん》と戦《たたか》ったりしました。

　ヤンソンさんは、世界中《せかいじゅう》をまきこんだ戦争下《せんそうか》で、一方《いっぽう》で反戦的《はんせんてき》な風刺画《ふうしが》、もう一方《いっぽう》で『小《ちい》さなトロールと大《おお》きな洪水《こうずい》』を書《か》いていたわけです。後者《こうしゃ》ができあがると、原稿《げんこう》は戦後《せんご》まで引《ひ》き出《だ》しのすみっこにしまわれたままになっていました。ついで一九四〇年代初《ねんだいはじ》めに「新時《しんじ》代《だい》」という週刊誌《しゅうかんし》に文字《もじ》なしのマンガを連載《れんさい》し、そのタイトルは『ムーミントロールと世界《せかい》の終《お》わり』でした。ムーミントロールの名前《なまえ》がおおやけになったのはこのときが初《はじ》めてです。この間《あいだ》もヒットラーやスターリンを攻撃《こうげき》するガルムの絵画主幹《かいがしゅかん》をつとめ、ガルムが検閲《けんえつ》下《か》におかれても、ヤンソンさんは巧《たく》みな表現《ひょうげん》で、検閲下《けんえつか》の検閲予算《けんえつよさん》で発行《はっこう》されたガルムで戦《せん》争《そう》や検閲《けんえつ》を風刺《ふうし》していました。

　絵筆《えふで》を折《お》ったこと、マンガのタイトル「世界《せかい》の終《お》わり」、『小《ちい》さなトロールと大《おお》きな洪水《こうずい》』

の大洪水《だいこうずい》と太陽《たいよう》のない世界《せかい》、そして風刺画《ふうしが》を描《えが》きつづけた姿勢《しせい》などをみてくると、ヤンソンさんが第二次大戦期《だいにじたいせんき》に抱《いだ》いていた不安《ふあん》は、小国《しょうこく》が踏《ふ》みにじられることへの怒《いか》りをふくめての世界《せかい》の終《お》わり、世界《せかい》の危機《きき》であったと思《おも》われます。それだけに『小《ちい》さなトロールと大《おお》きな洪《こう》水《ずい》』で、ひたすら安《やす》らかさを求《もと》めないではいられなかった気持《きも》ちもわかるような気《き》がします。それより七、八年後《ねんご》から書《か》き始《はじ》められたムーミン童話《どうわ》シリーズでは、危機《きき》に対《たい》する気持《きも》ちにゆとりができてきたとみえて、登場人物《とうじょうじんぶつ》は危機克服《ききこくふく》という目的意識《もくてきいしき》に走《はし》ることなく、自分《じぶん》らしく生《い》きています。それによって冒険《ぼうけん》が冒険《ぼうけん》らしくなり、ユーモアも加《くわ》わり、作者《さくしゃ》の子《こ》ども時代《じだい》の経験《けいけん》もふくまれて、作品《さくひん》にふくらみが出《で》ています。『小《ちい》さなトロールと大《おお》きな洪《こう》水《ずい》』は、「世界《せかい》の危機感《ききかん》」「恐怖感《きょうふかん》」「安《やす》らかな子《こ》ども時代《じだい》」を文学《ぶんがく》へと昇華《しょうか》させたムーミン童話誕生《どうわたんじょう》の基礎《きそ》となった作品《さくひん》であったにちがいありません。

（一九九二年《ねん》六月二十日《がつはつか》）

「目《め》からうろこ」のことばかり！

末吉暁子《すえよしあきこ》（児童文学作家《じどうぶんがくさっか》）

初《はじ》めてムーミン童話《どうわ》と出会《であ》ったのは、私《わたし》がまだ児童図書《じどうとしょ》の編集者《へんしゅうしゃ》だったときです。もう五十年近《ねんちか》くも前《まえ》でしょうか。日本《にっぽん》でも海外《かいがい》でも、次々《つぎつぎ》に新《あたら》しい児童文学《じどうぶんがく》の名作《めいさく》が誕生《たんじょう》していた頃《ころ》で、駆《か》け出《だ》しの編集者《へんしゅうしゃ》だった私《わたし》は、花《はな》から花《はな》へ夢中《むちゅう》で移《うつ》り飛《と》んでいく蝶《ちょう》になったような気分《きぶん》がしたものです。

そんななかでも「ムーミン童話《どうわ》」は、あの愛《あい》らしい姿態《したい》、何《なん》ともユニークな登場人物《とうじょうじんぶつ》と世《せ》界観《かいかん》で、たちまち日本《にっぽん》の読者《どくしゃ》をとりこにしてしまいました。

その後《ご》、「ムーミン」は、日本《にっぽん》でテレビアニメになって、いちやく日本中《にっぽんじゅう》の子供《こども》のアイドルになるのですが、熱狂的《ねっきょうてき》なファンが、はるばるフィンランドまで原作者《げんさくしゃ》のヤンソンさんを訪《たず》ねて行《い》ったりすると、ヤンソンさんは、ムーミンママと同《おな》じように、いつでも両手《りょうて》を広《ひろ》げて訪問者《ほうもんしゃ》を歓迎《かんげい》してくださっていたそうです。

ヤンソンさんご自身《じしん》も、何度《なんど》か来日《らいにち》されて講演会《こうえんかい》などでお話《はな》ししてくださっていました。

その頃《ころ》は七十代《だい》ぐらいだったのでしょうか。少女《しょうじょ》のようなおかっぱ頭《あたま》のイメージは、あの頃《ころ》からちっとも変《か》わっていません。

今年《ことし》二〇一四年《ねん》は、ヤンソンさん生誕《せいたん》百年《ねん》にあたるそうです。町《まち》のあちこちで、ムーミンのイラストやグッズを目《め》にします。人間《にんげん》とも動物《どうぶつ》とも妖精《ようせい》とも妖怪《ようかい》ともつかないあの多彩《たさい》な登場人物《とうじょうじんぶつ》たち。北欧特有《ほくおうとくゆう》の抑《おさ》えた色彩《しきさい》と、繊細《せんさい》で控《ひか》えめな線《せん》。ヤンソンさんご自身《じしん》の手《て》になるイラストですが、この造形《ぞうけい》もまた素晴《すば》らしいんですよね。

そして、もちろん、あのストーリー！

最近《さいきん》、「ムーミン童話《どうわ》」を何冊《なんさつ》かまとめて読《よ》み直《なお》す機会《きかい》があったのですが、まあ、次《つぎ》から次《つぎ》へと新《あたら》しい発見《はっけん》があったこと！　目《め》からうろこが落《お》ちる思《おも》いでした。

なんといっても、ユニークなのは、あの登場人物《とうじょうじんぶつ》たちです。

ムーミンパパとシルクハット。ムーミンママとハンドバッグ。スナフキンとパイプ、ハーモニカ、緑《みどり》の帽子《ぼうし》。スノークのおじょうさんと前髪《まえがみ》。切《き》っても切《き》れない間柄《あいだがら》です。

まだまだあります。

フィリフヨンカとじゅうたん。ヘムレンさんと切手《きって》。ホムサとミーサ。ちびのミイとミムラねえさん。トフスランとビフスラン。

いずれも強烈《きょうれつ》な個性《こせい》の持《も》ちぬしで、たとえ世界《せかい》が滅《ほろ》びようとも、自分《じぶん》の流儀《りゅうぎ》や愛着《あいちゃく》のある持《も》ち物《もの》は手放《てばな》しそうにありません。

ムーミンママに至《いた》っては、大波《おおなみ》に流《なが》されて海上《かいじょう》をただよい、初《はじ》めてムーミンパパに出会《であ》った時《とき》から、しっかり、あのハンドバッグを持《も》っています。で、そんな大事《だいじ》なハンドバッグに何《なに》が入《はい》っているかというと、中身《なかみ》は、ただのコンパクトだったりするのですから、ずっこけてしまいます。

そんななかで、主人公《しゅじんこう》のムーミントロールだけは、いつでもどこでも、すっぽんぽん。自分《じぶん》だけの持《も》ち物《もの》というのもありません。この強烈《きょうれつ》なキャラクターのなかにあっては、かすんでしまうほどの存在《そんざい》です。それでいて誰《だれ》からも愛《あい》されているのだから、この子《こ》の役割《やくわり》は、ハンバーグのつなぎの卵《たまご》みたいなものかもしれませんね。

また、北欧《ほくおう》に行《い》くと、ときおり、陶器《とうき》でできた大《おお》きなストーブが古《ふる》い家《いえ》の壁際《かべぎわ》に据《す》え付《つ》けてあるのを目《め》にしますが、ムーミントロールのご先祖《せんぞ》は、人間《にんげん》の家《いえ》にあったそんな大《おお》ストーブのうしろに住《す》み着《つ》いていたんだそうです。え、これって、一種《いっしゅ》の家付《いえつ》き妖精《ようせい》ですよね。とすると、日本《にっぽん》の古《ふる》い家《いえ》に住《す》み着《つ》いている座敷《ざしき》わらしなんかのお仲間《なかま》でもあるんですね。これも、まさに「目《め》からうろこが落《お》ちる」ような発見《はっけん》でした。

ムーミンたちは、そこから進化《しんか》して自立《じりつ》した生《い》き物《もの》になったのだそうな。自立《じりつ》と自由《じゆう》は、ムーミン谷《だに》の住人《じゅうにん》の最《もっと》も重要《じゅうよう》なコンセプトですから、よくわかります。

画家《がか》でもあるヤンソンさんが、このムーミントロールに与《あた》えた容姿《ようし》は、おなじみの、実《じつ》に愛《あい》すべきユーモラスな姿形《すがたかたち》です。ムーミンのパパにしてもママにしても、思考《しこう》や行動《こうどう》は人間《にんげん》そのものなので、読《よ》んでいるとつい、作者《さくしゃ》のヤンソンさんみたいな人《ひと》の姿《すがた》を思《おも》い浮《う》かべたり、「あ、こんな人《ひと》、いるいる！」と、くすっと笑《わら》ってしまったりするのですが、ページをめくると現《あらわ》れるのは、何《なん》ともユニークなあの姿《すがた》。この落差《らくさ》に思《おも》わず吹《ふ》き出《だ》してしまいます。

それに、アニメの影響《えいきょう》でしょうか、ムーミンというと、ついついカバみたいな大《おお》きさの動物《どうぶつ》をイメージしてしまうのですが、読《よ》んでいくと、想像以上《そうぞういじょう》に彼《かれ》らは小《ちい》さいんですね。ちびのミイなんか、お裁縫《さいほう》かごの中《なか》でかくれんぼできるぐらい、実《じつ》にちっぽけな存在《そんざい》です。

そのちっぽけな彼《かれ》らが、これまた実《じつ》に何度《なんど》も何度《なんど》も、洪水《こうずい》や地震《じしん》、津波《つなみ》などの災害《さいがい》に見舞《みま》われます。自然《しぜん》の災害《さいがい》の恐《おそ》ろしさは、何《なに》よりも日本人《にっぽんじん》である私《わたし》たち自身《じしん》が身《み》をもって感《かん》じていますから、ムーミンたちの不安《ふあん》やおびえは、他人事《ひとごと》とは思《おも》えないほど胸《むね》に迫《せま》ってきます。だからこそ、よけいに、ちっぽけな彼《かれ》らを愛《いと》おしく思《おも》わないではいられません。

このムーミンシリーズのそもそもの始《はじ》まりとなった作品《さくひん》は、一九四五年《ねん》に出版《しゅっぱん》された『小《ちい》さなトロールと大《おお》きな洪水《こうずい》』という一編《いっぺん》だったのだそうです。つまりは、最初《さいしょ》の一冊《いっさつ》は、第《だい》二次世界大戦《にじせかいたいせん》の最中《さいちゅう》に書《か》かれたのですね。作品《さくひん》には、どこにも「戦争《せんそう》」という言葉《ことば》は出《で》てきませんが、ムーミンたちの感《かん》じる不安《ふあん》やおびえは、ヤンソンさんの感《かん》じていた不安《ふあん》がくっきりと影《かげ》を落《お》としていたのだともいえそうです。

長《なが》いこと絶版《ぜっぱん》になっていた、この幻《まぼろし》の一作目《さくめ》、よく見比《みくら》べてみると、ムーミンの顔形《かおかたち》もあとの作品《さくひん》とはだいぶ違《ちが》うことに気《き》がつきました。もっとやせっぽちだし、あの、ぷくっとふくらんだ顔《かお》の前部《ぜんぶ》は、何《なん》とまるごと鼻《はな》だったのですね。

ヤンソンさんは、最初《さいしょ》、「後《のち》のシリーズと文章《ぶんしょう》も絵《え》もまるっきり違《ちが》うから。」と、この幻《まぼろし》の一冊目《さつめ》を復活《ふっかつ》させるのを断《ことわ》っていたのですが、その後《ご》、あえて、文章《ぶんしょう》も挿絵《さしえ》も書《か》き直《なお》したりしないでそのまま出《だ》すことを決意《けつい》したそうなのです。

もしも、書《か》き直《なお》していたら、まるっきり違《ちが》った作品《さくひん》になっていたかもしれません。幻《まぼろし》の一冊目《さつめ》は永久《えいきゅう》に日《ひ》の目《め》を見《み》ることはなかったかも……。ファンにとっては貴重《きちょう》な一冊《いっさつ》と言《い》えるでしょう。

「目《め》からうろこ」体験《たいけん》は、まだまだあります！

あの、ニョロニョロたち……。どこから来《き》てどこへ行《い》くのか誰《だれ》も知《し》らない、ただただ水平《すいへい》線《せん》を目指《めざ》して群《む》れになって突《つ》き進《すす》んでいく、手袋《てぶくろ》の指《ゆび》みたいな形《かたち》をしたニョロニョロたち……。実《じつ》にふしぎな存在《そんざい》です。

『ムーミン谷《だに》の夏《なつ》まつり』によれば、あれって、スナフキンが毎年《まいとし》、夏《なつ》まつりのイブにまいた種《たね》から生《は》えてくるんですって！　え～!?　皆《みな》さん、知《し》ってました？　びっくりしました。こんな発想《はっそう》、どこから湧《わ》いてくるんでしょう。

「目《め》からうろこ」の発見《はっけん》はまだまだあるのですが、きりがないのでこのへんで……。

ともあれ、季節《きせつ》は巡《めぐ》り、今年《ことし》も冬《ふゆ》が近《ちか》づいてきました。

スナフキンは、もう南《みなみ》の国《くに》を目指《めざ》して旅立《たびだ》っていったでしょうか。

ムーミン谷《だに》の住人《じゅうにん》は、無性《むしょう》にムーミン屋敷《やしき》がなつかしくなって、なぜともなくムーミン屋《や》敷《しき》へ集《あつ》まってくる頃《ころ》でしょうか。そこでは、ムーミンママが両手《りょうて》を広《ひろ》げて、だれかれとなく歓迎《かんげい》してくれるはずです。いえ、たとえ、たまたま留守《るす》にしていたとしても、冬《ふゆ》ごもりの前《まえ》には、ムーミン屋敷《やしき》にもどろうと、一家《いっか》は必死《ひっし》でムーミン谷《だに》を目指《めざ》していることでしょう。
私《わたし》もなんだか人恋《ひとこい》しくなってきました。そろそろ冬支度《ふゆじたく》をしなくちゃ……。

（二〇一四年《ねん》十月《がつ》三十日《にち》　新装版《しんそうばん》によせて）

＊著者紹介

トーベ・ヤンソン

画家・作家。1914年8月9日フィンランドの首都ヘルシンキに生まれる。父は彫刻家、母は画家という芸術家一家に育ち、15歳のころには、挿絵画家としての仕事をはじめた。ストックホルムとパリで絵を学び、1948年に出版した『たのしいムーミン一家』が世界じゅうで評判に。1966年国際アンデルセン賞作家賞、1984年フィンランド国家文学賞受賞。おもな作品に、「ムーミン童話」シリーズ（全9巻）のほか、『少女ソフィアの夏』『彫刻家の娘』などがある。

2001年6月逝去。

＊訳者紹介

冨原《とみはら》眞弓《まゆみ》

1954年生まれ。パリ・ソルボンヌ大学哲学博士。聖心女子大学哲学科教授。著書に『シモーヌ・ヴェイユ』（岩波書店）、『ムーミンを読む』（講談社）。訳書に『彫刻家の娘』（講談社）、『トーベ・ヤンソンコレクション』全8巻、『ムーミン・コミックス』全14巻（以上、筑摩書房）などがある。

講談社 青い鳥文庫

小《ちい》さなトロールと大《おお》きな洪水《こうずい》（新装版《しんそうばん》）

トーベ・ヤンソン

冨原眞弓《とみはらまゆみ》 訳

1999年2月15日　第1刷発行
2013年9月2日　第13刷発行
2015年2月15日　新装版第1刷発行
2023年5月11日　新装版第6刷発行

（定価はカバーに表示してあります。）

発行者　鈴木章一

発行所　株式会社講談社

東京都文京区音羽2-12-21　郵便番号112-8001

電話　編集（03）5395-3536
販売（03）5395-3625
業務（03）5395-3615

N.D.C.993　122p　18cm

装　丁　久住和代／脇田明日香

印　刷　図書印刷株式会社

製　本　図書印刷株式会社

本文データ制作　講談社デジタル製作

KODANSHA

ISBN978-4-06-285467-2

ムーミンの関連本

ムーミン谷《だに》への旅《たび》

トーベ・ヤンソンとムーミンの世界《せかい》

編者：講談社《こうだんしゃ》

size24×20cm　143p

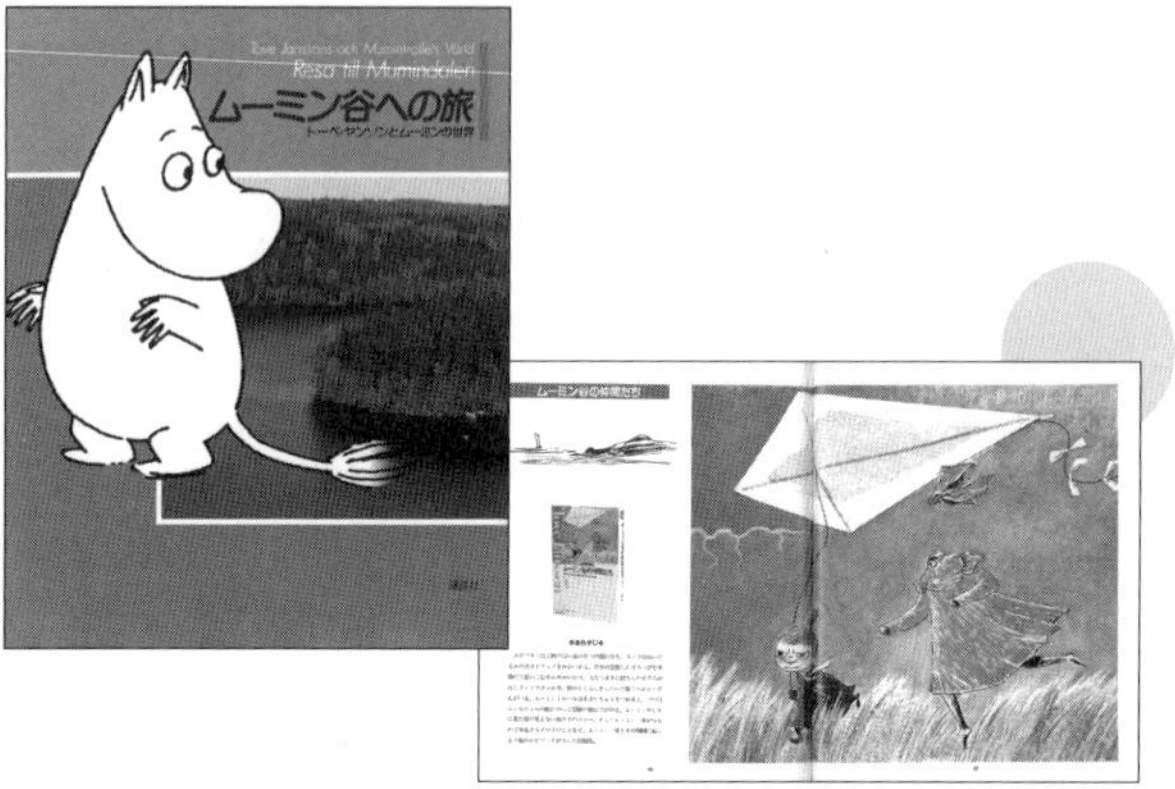

親愛《しんあい》なる日本《にっぽん》の読者《どくしゃ》のみなさん、フィンランドにあるムーミン谷《だに》は、たぶんあなたが思《おも》っているほどあなたのところから遠《とお》くへだたってはいないのです。とくに、わたしたちのようにおたがいの国《くに》のおとぎ話《ばなし》を読《よ》みあっていて、お話《はなし》がほんとうのことだと信《しん》じる者《もの》どうしにとってはね。—トーベ・ヤンソン

世代《せだい》や国《くに》のちがいをこえて、人々《ひとびと》に愛《あい》されつづけるムーミントロール。作者《さくしゃ》トーベ・ヤンソンの80年《ねん》の人生《じんせい》をたどり、北欧《ほくおう》フィンランドにムーミン世界《せかい》のルーツを探《さぐ》る。ムーミン誕生《たんじょう》のエピソードや、ムーミンの仲間《なかま》たちの徹底紹介《てっていしょうかい》、物語《ものがたり》を読《よ》み解《と》く年代記《ねんだいき》なども盛《も》り込《こ》んだ、ムーミンのすべてがつまったファン必携《ひっけい》の一冊《さつ》。

ムーミンの関連本

彫刻家《ちょうこくか》の娘《むすめ》

著者：トーベ・ヤンソン

翻訳者：冨原眞弓《とみはらまゆみ》

size20×14cm　238p

「ムーミン」の作者《さくしゃ》トーベ・ヤンソンの自伝的小説《じでんてきしょうせつ》。

あふれる好奇心《こうきしん》とするどい洞察力《どうさつりょく》で周囲《しゅうい》の世界《せかい》を見《み》つめ、自分《じぶん》の価値基準《かちきじゅん》や真《しん》の芸術家《げいじゅつか》としての姿勢《しせい》を身《み》につけてゆく幼《おさな》い少女《しょうじょ》——。自由《じゆう》・冒険《ぼうけん》・信頼《しんらい》・愛情《あいじょう》、「ムーミン」世《せ》界《かい》の魂《たましい》のルーツにせまる。

ムーミンの関連本

ムーミン谷《だに》の絵辞典《えじてん》

英語《えいご》・日本語《にほんご》・フィンランド語《ご》

ムーミン谷《だに》のイラスト地図《ちず》ポスター入《い》り！

絵・文：トーベ・ヤンソン

編：ヨエル・ヤコブソン

訳：末延弘子《すえのぶひろこ》

size29×21cm　127p

オールカラーのイラストがいっぱい！
ムーミンたちと楽《たの》しく言葉《ことば》を学《まな》びましょう！

ムーミンたちと楽《たの》しく1日《にち》をすごしながら、1200以上《いじょう》もの英語《えいご》をおぼえることができる、かわいい絵本《えほん》のような辞典《じてん》です。ムーミン童話《どうわ》の生《う》みの親《おや》、トーベ・ヤンソンの描《か》いたイラストがいっぱい。

ムーミンたちの生《う》まれた国《くに》、フィンランド語《ご》ものっています。「パンケーキ」ってフィンランド語《ご》でなんていうのかも、ばっちりわかりますよ。

ムーミンの関連本

スナフキン ノート

絵：ヤンソン

size14.8×10.5cm

カッコいいスナフキンがいっぱい！
おしゃれブルーのカバーの文庫《ぶんこ》ノート

中《なか》はシンプルな絵日記帳《えにっきちょう》スタイル。コンパクトなので、展覧会《てんらんかい》の感想《かんそう》や旅日記《たびにっき》をつづっても。使《つか》い方《かた》はあなた次第《しだい》の自由《じゆう》なノートです！

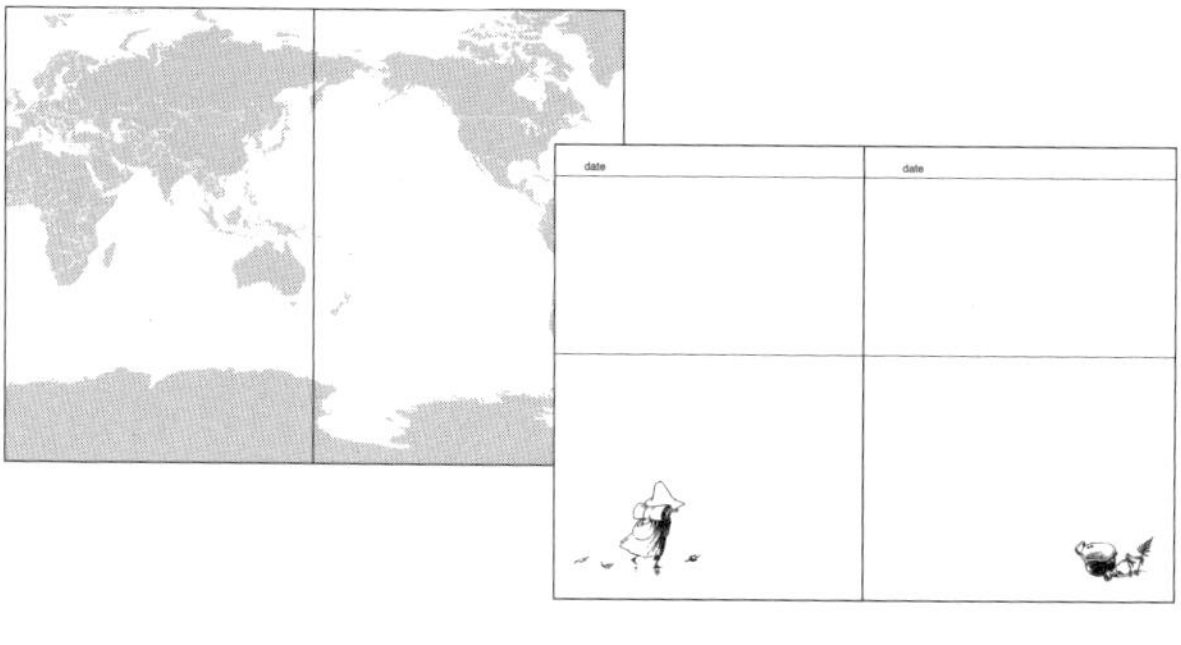

「講談社《こうだんしゃ》 青《あお》い鳥文庫《とりぶんこ》」刊行《かんこう》のことば

太陽《たいよう》と水《みず》と土《つち》のめぐみをうけて、葉《は》をしげらせ、花《はな》をさかせ、実《み》をむすんでいる森《もり》。小《こ》鳥《とり》や、けものや、こん虫《ちゅう》たちが、春《はる》・夏《なつ》・秋《あき》・冬《ふゆ》の生活《せいかつ》のリズムに合《あ》わせてくらしている森《もり》。森《もり》には、かぎりない自然《しぜん》の力《ちから》と、いのちのかがやきがあります。

本《ほん》の世界《せかい》も森《もり》と同《おな》じです。そこには、人間《にんげん》の理想《りそう》や知恵《ちえ》、夢《ゆめ》や楽《たの》しさがいっぱいつまっています。

本《ほん》の森《もり》をおとずれると、チルチルとミチルが「青《あお》い鳥《とり》」を追《お》い求《もと》めた旅《たび》で、さまざまな体験《たいけん》を得《え》たように、みなさんも思《おも》いがけないすばらしい世界《せかい》にめぐりあえて、心《こころ》をゆたかにするにちがいありません。

「講談社《こうだんしゃ》 青《あお》い鳥文庫《とりぶんこ》」は、七十年《ねん》の歴史《れきし》を持《も》つ講談社《こうだんしゃ》が、一人《ひとり》でも多《おお》くの人《ひと》のために、すぐれた作品《さくひん》をよりすぐり、安《やす》い定価《ていか》でおおくりする本《ほん》の森《もり》です。その一さつ一さつが、みなさんにとって、青《あお》い鳥《とり》であることをいのって出版《しゅっぱん》していきます。この森《もり》が美《うつく》しいみどりの葉《は》をしげらせ、あざやかな花《はな》を開《ひら》き、明日《あす》をになうみなさんの心《こころ》のふるさととして、大《おお》きく育《そだ》つよう、応援《おうえん》を願《ねが》っています。

昭和《しょうわ》五十五年《ねん》十一月《がつ》

講談社